美人課長の手ほどき

◆◆◆

霧原一輝
Kazuki Kirihara

紅文庫

目次

装幀　内田美由紀

美人課長の手ほどき

第一章　まさかの課長の招待

1

「今夜、空いてる？」

会社の廊下で、但馬礼子《たじまれいこ》にそう訊《たず》ねられたとき、山田耕太《やまだこうた》はびっくりしてしまって、

「あ、ああ、はい……」

と、バカみたいな返事をしてしまった。

それはそうだろう。但馬礼子と言えば、三十八歳で、我がS製薬営業部の課長を勤める、トップセールスウーマンなのだ。

おまけに美貌。才色兼備——。

入社して一年で、商品管理部に勤めている耕太にしてみれば、礼子は別世界に住む高嶺《たかね》の花《はな》で、現にこれまでは会社ですれ違っても無視されていた。

(それがどうして？　叱《しか》られるのか？　俺、何かまずいことしたっけ？)

だが、礼子はにっこりして、言った。

「じゃあ、今夜の七時にMホテルのロビーで逢いましょうか？　大丈夫？」

「あ、はい……もちろん……だけど、俺なんかに何の用があるんでしょうか？」

おずおずと訊ねた。

「それは、逢ってからのお愉《たの》しみってことでいいんじゃない？　じゃあね、遅れないでよ」

彼女独特の相手を骨抜きにするアルカイックスマイルを残し、礼子はタイトスカートに包まれた肉感的な尻を品良く揺らして、廊下を歩いていった。

(何だ、何なんだ？)

耕太は会社の家屋を出て、倉庫に向かいながら、その意味を考える。

S製薬は九州のK県の飛行場の近くの広大な敷地にある。主に女性のクレンジングクリームなどの基礎化粧品の製造、販売をしている。

その工場、寮、倉庫、オフィスなどの会社に必要なすべての施設が一箇所に集められ、基本的に仲買を通さない利用者とのダイレクトな取引で成り立っているために、常時商品を積んだトラックが行き来している。

耕太は福岡《ふくおか》出身で、関西の大学を卒業して、この会社に就職した。東京に出たかったが、東京の会社の入社試験にはすべて落っこちた。唯一受かったのが、女性用化粧品とアンチエージングに特化したこのS製薬だったのだ。

同じ敷地内に社員用の宿舎が建っていて、半分くらいの社員はそこに住んでいる。耕太もそのひとりだった。

宿舎の家賃は安いし、三食、寮母が作ってくれる。

給料は大したことはないが、ほぼ使わないので、お金を溜めるにはもってこいの会社だった。

それに、基礎化粧品が主な商品であるせいか、会社員の八割が女性だった。かつ、ここは近くに遊ぶ施設が少なく、彼女たちは休日に、離れた場所にある遊興場に出かけるくらいしか、ストレス発散の方法はなかった。

それは女性だけでなく、耕太のような男性にも同じことが言えた。

耕太は入寮して一年だから、まだそれほどのストレスは感じていないのだが。

倉庫に向かって歩いていくと、工場で働いているユニホーム姿の女性従業員が二人、耕太を見て、ひそひそ話をしている。

（ああ、きっとまたあのウワサだな）

それは、数カ月前、関西の大学の友人である郷原《ごうはら》が旅の途中に耕太を訪ねてきたときに起こった。

じつは、ここから車で一時間ほどの場所に遊興施設の集まった小さなスポットがあり、一軒だけ、ぽつんとソープランドが建っていた。そこは女の子の質も高く、サービスもいいと評判のソープだった。

郷原がどうしてもそこに行きたいと言うので、彼を案内した。

郷原は写真を見て、気に入った子がいたらしく、その子を嬉々として指名して部屋に入っていった。

だが、耕太はもともと風俗遊びが好きではなく、片思いしている女性がいた。

彼女の名前は児玉瑞希《こだまみずき》で、うちの会社の事務員をしている。

美人だし、性格もいいようで、入社してすぐに瑞希のことが好きになった。

その気持ちが通じたのか、少し前にデートらしきことをした。

が、結局、キスもできずに、ぎこちなく別れた。

彼女への一方的な義理もあって、耕太は近くのレストランにいた。二時間ほどでその店に来た郷原は、

『やあ、よかったぞ。なんでお前、やらなかったんだよ……ああ、そうそう。モナちゃんがすごい俺のこと気に入ったみたいだからさ、俺はS製薬に勤めている山田耕太だって言っておいたからな。ガッハハ……！』

そう笑い飛ばした。

そのときは、困ったやつだと思ったくらいで、これが後に耕太を困惑させる原因になるとはつゆとも思わなかった。

が、少し前から、女子工員や事務員の耕太を見る目が変わった。

(んっ、おかしいな。気のせいか？)

最初はそのくらいだったが、その後も耕太を見てのひそひそ話がつづき、これはおかしいと思って、事情をさぐったところ――。

『山田さんって、見かけによらず、性豪らしいわよ。ほら、あそこのソープ嬢がそう言ってたんだって』

というウワサがひろがっていたのだ。

その元となったのは、ソープで郷原が「山田耕太」と名乗ったことにあった。普通はソープランドでのセックスは秘密にされるものだ。が、S製薬の工場で働いている岡田恵美《おかだめぐみ》という二十六歳の従業員がいて、恵美はソープ嬢のモナちゃんと高校の同級生で友人だった。

その二人が同窓会で逢ったときに、酔っぱらったモナちゃんが、

『そうそう……この前、恵美と同じ会社の、山田耕太っていう男が来てさ。その彼がメチャクチャ、セックスが上手くて、しかも、タフな性豪でさ……わたし、何度も本気でイッちゃったわ』

などとのたまったらしいのだ。

もちろん、会話は実際に岡田恵美に聞いたわけではないから、あくまでも想像だが――。

それを、おしゃべりな岡田恵美が工員仲間に言いふらし、それがあっという間に我が社にひろがってしまったらしいのだ。

事情を知って、耕太は「いや、それは俺ではありません。俺の名前を語った友人です。あいつは昔からプレーボーイで、とにかくテクニシャンだし、タフ

なんです。俺はソープで遊んでもいません。だから、そのウワサは誤解です」

と、言いたかった。

臭いにおいは元から絶たなきゃダメ——。

ということで、岡田恵美に逢って真相を打ち明けようとした。しかし、その前にいいことがあった。

ベテランの女性工員が近づいてきて、『あれが上手いんですってね。わたしにも恵んでよ』と大きなオッパイをぎゅうと押しつけてきたのだ。

それだけではない。若くてかわいい女性営業部員にも、『今度、呑みにいこうよ』と誘われたのだ。

そのときは、びっくりしてしまって、戸惑ってしまい、誘いに応じることはできなかった。だが、それが教訓になった。

(そうか、誤解をとかないでおいたほうがいいんじゃないか?)

そう思った。その反面、これでは瑞希に嫌われてしまうという心配もあった。

やはりそのウワサが耳も入ったのか、この前、瑞希を誘ったものの、『不潔!』と吐き捨てるように言い、プイッと横を向いて、去っていった。

だが、どうせそれは耕太の片思いで、どっちみちダメなんだから――。

いずれにしろ、耕太には女性とデートし、セックスすることに、ためらいがあった。

なぜなら、耕太は二十三歳にして、たったひとりの女性としかセックスを経験していなかったからだ。相手は大学のサークルの先輩だったが、その先輩とも二度しただけで、ポイ捨てされた。しかも、別れ際にこう言われたのだ。

『きみ、セックスが下手すぎ……早漏だし』

多分、それは当たっている。

だから、たとえ女性社員とセックスしたとしても、

『えっ、もう……？　聞いている話と全然違うんだけど……』

と、失望されることは目に見えている。

いや、失望だけならまだいい。

『山田くん、全然下手だった。それに、三擦《みこす》り半《はん》だった』

などというウワサがひろがったら、耕太は居場所がなくなる。

この会社はいわば陸の孤島みたいなところだから、ウワサはたちどころにひ

ろまるのだ。

だから、倉庫でフォークリフトの運転をする間も、但馬礼子と逢うべきかどうか、迷っていた。

しかし、もう承諾の返事をしてしまった。

それに、相手は部長クラスでさえ、気をつかいすぎるほどにつかっている美人女性課長なのだ。耕太もじつは、彼女のタイトスカートに包まれたヒップや、パンプスで持ちあがった美脚を思い出しながら、自家発電したことがある。

オナニーのオカズにしているほどの女性課長と二人で逢えることだけでも、幸せなことだった。

(行くしかないな……どうせ、瑞希とは脈がないんだから)

そう決めて、耕太はフォークリフトを操作する。商品を移動し、搬送トラックに積み込んだ。

2

その夜、耕太は海の見えるホテルの最上階にあるバーで、但馬礼子と呑んでいた。

窓に面したカウンターなので、暗く沈んだ夜の海と砂浜に押し寄せてくる白い波頭が見える。そんななかで、左隣にタイトなスーツ姿の礼子がスツールに腰掛けて、赤いワインを呑んでいる。

耕太はさっきからドキドキが止まらない。

なぜなら、礼子は足を組んでいるのだが、サイドにスリットのあるタイトスカートなので、黒いストッキングに包まれた美脚が太腿《ふともも》までのぞいてしまっているからだ。

しかも、紫色のブラウスは襟元が大きく開いて、たわわな胸のふくらみが少し見えてしまっている。

かるくウエーブしたセミロングの髪が流麗で、横顔は鼻先がツンとして、唇がふっくらとした横顔についつい見とれてしまう。

「耕太くん……」

礼子が名前を呼んでくれた。年上の美人課長にこう言われると、胸がきゅんとした。

「な、何でしょうか？」

　ドキドキして言う。

「……きみのウワサで社内は持ちきりよ。何のことか、わかるわよね？」

「あ、はい……」

　じつは、あれは誤解なんです、と打ち明けようとも思った。迷っていると、礼子が言った。

「今回、きみを呼んだのはその件なのよ」

「……と、言いますと？」

「ふふっ、そのウワサの真偽を確かめたいの。きみのここが、そんなにタフなのか、どうかを……」

　礼子はちらりと周囲を見渡して、人の視線がないことを確かめると、右手を静かに股間に伸ばした。

　あっという間にズボンのふくらみをつかまれていた。

「あっ、くっ……」

こんな美人に股間を触られたのはもちろん初めてで、耕太は呻《うめ》く。呻きながらも、イチモツが一気に力を漲《みなぎ》らせるのがわかる。

「すごいわね、もうカチカチ……反応がいいことは確かね。怪しまれるから、耕太くんも呑んで」

耳元で囁《ささや》いて、礼子はワイングラスから赤い液体を呑む。

耕太も言われたように、ハイボールをこくっと嚥下《えんげ》する。スコッチウイスキーの炭酸割りが喉を心地よく刺激して、内臓がかっと熱くなる。

耕太はお酒にとても弱いのだ。ビールをコップ一杯呑んだだけで、酔ってしまう。

その間にも、礼子の赤くマニキュアされたほっそりと長い指が、ズボンのふくらみを巧妙に撫でさすってくる。

湧きあがる快感で下半身が熱くなり、頭もぼぅとしてくる。

(礼子さんはバツイチで離婚して、三年くらい経っているらしいから、俺のような男にもこんなことをしてくれるんだな……しかし、気持ちいい!)

頭に引っかかっていた瑞希のことが見事に消えていく。

しなやかな指が敏感なカリの部分に触れると、あまりにも感じすぎて、腰がビクッと動いてしまう。

「ふふっ、感じやすいのね。まるで童貞君みたい。でも、そうじゃないのよね。セックスのテクニックが抜群なのよね」

礼子が耳元で囁いて、イチモツをズボン越しにぎゅっと握った。

「うっ……」

思わず呻く耕太。

礼子はまた周囲を見渡す。何人かの客はいるが、バー自体がひろいので、ぽつんぽつんと客が座っていて、二人を見ている者などいないはずだ。

礼子が耕太の左手をつかんで、スカートのなかに導いた。

ハッとした。

どうやら、太腿までのストッキングらしくて、その上の太腿は素肌ですべすべだった。

礼子がもっと上、とばかりに、耕太の手を奥へと導き入れた。

(ぁああ……パンティが！)

絹だろうか、つるっとして柔らかな布地を指腹に感じた。

と、礼子はぐっと身体《からだ》を寄せてきた。これで、後ろからは二人が仲良く身体を寄せ合っている恋人同志にしか見えないだろう。

前にまわったら、女が男のイチモツを、男が女のスカートの奥を愛撫していることがわかるだろうが……。

（ああ、夢だ。夢を見ているんだ！）

頭がくらくらしてきた。

股間のものが痛いほどに漲ってきた。

「いいのよ、あそこを触って……」

礼子が耳打ちしてくる。

ごくっ、と生唾を呑んで、耕太は指をパンティに伸ばした。左手だからやりにくい。しかし、中指が基底部をとらえて、それがわずかに沈み込む感触がある。

卒倒しそうになりながらも、中指を動かしてみた。

中指を尺取り虫みたいに動かすと、なめらかな布地が柔らかく沈み込み、礼子がくぐもった声を洩《も》らしながらも、ズボンの股間を撫でさすってくる。

「んっ……んっ……」

さっきよりタッチが強い。

ズボンを三角に持ちあげたものを握って、しごいてくる。

(ぁああ、気持ち良すぎる……!)

耕太は快感に酔いしれつつも、中指でさすりあげる。

と、すべすべの布地が湿ってきて、沈み込みが深くなった。さらに擦ると、ぐちゅぐちゅと淫靡《いんび》な音がしたような気がした。そして、礼子は、

「んっ……あっ……あっ……」

喘《あえ》ぎを押し殺しながらも、スツールに置いた腰を前に突きだしてくる。

きっと、あそこをぐちゃぐちゃに濡らしているのだろう。

(すごい……! 礼子さんのようなトップセールスウーマンでも、こんなになるんだな……だけど、気持ち良すぎる……!)

先走りの粘液が滲《にじ》みでて、ブリーフが濡れているのがわかる。

(出そうだ……! しかし、こんなにすぐに射精したら、ナメられてしまう!

あのウワサがウソだとわかってしまう！）

耕太が進退窮《きわ》まったとき、礼子が耳元で再び囁いた。

「部屋が取ってあるの。行きましょうか？」

耕太にしてみれば、絶体絶命のピンチを救ってくれる提案だった。

「はい！」

そう答えると、礼子の手がズボンから引いていった。

礼子は身繕いをととのえて、前を歩いていく。スリットの入ったタイトスカートが肉感的な尻を浮かびあがらせ、すらりと長い足をハイヒールが持ちあげている。

礼子はレジでサインをして、エレベーターに向かった。

エレベーターが上昇してきて、二人は乗り込む。礼子は八階のボタンを押して、耕太の前に立ち、後ろ手に股間のふくらみを器用にさすってくる。

そして、エレベーターが八階で停まると、先に出て、廊下を歩き、８０８号室のドアを開けて、入っていく。

そこは、耕太が泊まったことのないような広々とした部屋で、ベッドは見たこともないキングサイズで、ライティングデスクや応接セットまで置いてある。敷きつめられた絨毯《じゅうたん》を、礼子はハイヒールで踏みしめて、窓際まで歩き、そこで、くるりと振り返った。

耕太から視線を外さず、ジャケットを脱ぎ、ブラウスのボタンを上からひとつ、またひとつと外しはじめた。

耕太はごくっと生唾を呑む。

ブラウスの前が開き、ライラック色のブラジャーがのぞき、ブラウスが取られたとき、耕太はそのあまりの胸の豊かさにぽかんと口を開けてしまった。

レース付きのハーフブラがたわわな乳房を押しあげて、左右のゴム毬《まり》みたいな双球が真ん中でせめぎあっている。

「ふふっ、口が開いているわよ」

満更でもなさそうに言って、礼子がスカートをおろした。

すらりとした長い足をしているが、腰はぱんと張っていて、ブラジャーと同じライラック色のハイレグパンティが下腹部を鋭角な三角形に覆《おお》い、ハイレグのためかハイヒールで持ちあがった美脚がいっそう長く見える。

（これで、三十八歳……？）

どうやら、今のアラフォーを見くびっていたようだ。耕太の先入観が完全に変わった。

「いらっしゃいな」

礼子に言われて、おずおずと近づいていく。

すると、礼子は耕太のスーツの上下を脱がし、ネクタイを外し、ワイシャツも脱がせてくれる。

間近に礼子の顔があって、その息がかかる。香水だろうか、何やら甘ったるい香りがして、それが耕太をかきたてる。

下着のシャツも頭から抜き取られて、ついに、耕太はブリーフだけの姿になった。

恥ずかしいのは、紺色のブリーフを勃起《ぼっき》したイチモツが高々と持ちあげていることだ。

ちらりとそこに視線を落とした礼子が、

「元気ね。若いって素晴らしいわ」

そう言って、ブリーフの上から勃起を撫でさすった。

「知ってると思うけど、わたし、三年前に離婚しているでしょ？　それから、寄ってくる男性は年上ばかりなのよ。わかってないのよ、わたしを」

礼子が股間をさすりながら、耳元で言った。

「……あの、わかっていないって？」

「年下が好きなの。結婚していた相手も十歳年下だったのよ。彼、つきあっている頃はバリバリ働いていたけど、結婚したら全然働かなくなって、ヒモみたいになってしまって……だから、別れたの。そういうことがあっても、わたしは年下が好きなの。きみたいな……」

そう言って、礼子がブリーフのなかに手を差し込んできた。

いきりたっているものをじかに握って、ゆるやかにしごいた。

「おっ、あっ……くうぅぅ」

うねりあがってくる快感に、耕太は呻きながら思う。

（ああ、そうか……あのウワサ、プラス年下好みで俺みたいな男を……）

礼子が自分を誘った理由が納得できた。

巧妙な手コキで、先走りの粘液があふれて、それがねちゃねちゃと音を立てる。

「ぁあぁ、気持ちいいです」

そう言った耕太の口に、ふっくらとした唇が押しつけられた。

（えええっ……！）

女の人とのキスはまだ数回しか経験がない。

きっと、耕太はたどたどしいキスをしていたのだろう。礼子が唇を離して、

「おかしいわね。キスが苦手なの？」

耕太を不思議そうな目で見た。

「……キスも苦手です」

「えっ、も、って……？」

ここは、事実を打ち明けるべきだと思った。それでダメだったら、ダメでもいい。このまま、性豪を演じつづけるのは、どう考えたって無理だ。

「じつは……あの……俺、全然性豪じゃないんです」

「どういうこと？」

「じつは……」

と、耕太はあのウワサが人違いであることを告げた。そして、

「俺、ほんとはまだ女の人、ひとりしか知らないんです。まだ童貞同然なんです。だから……但馬課長のご要望には答えられないと思います。すみません。このとおりです」

耕太は絨毯に正座し、深々と頭をさげた。

「そうだったのね……バーにいたときから、どうもおかしいとは思っていたの。初々しいって言うか、全然女扱いができなかったから」

「すみません。俺、あわよくばって……すみません」

耕太はまた額を絨毯に擦りつけた。

「あわよくばって……どういうことかしら？」

礼子の追及は厳しかった。

「……それは、あの……俺、前から課長のこと、好きで……あの、自分でするときも但馬課長をオカズにしてたんで。だから、断れませんでした。すみません」

「……そう？　わたしをオカズにオナニーしていたのね」

「はい……すみません！」

「いいから、頭をあげなさい」

耕太はおずおずと顔を持ちあげた。

目の前で下着姿の礼子が立って、耕太を見おろしていた。その女神のような高慢な美に頭がくらくらした。

「わたしのハイヒールを舐めて。そうしたら、かわいがってあげる。きみの願いを叶えてあげる」

「ほんとですか？」

「ええ……」

考えるまでもなかった。耕太は這いつくばるようにして、赤いハイヒールに顔を寄せる。もちろん、こんなことは初めてだ。

それでも、敬愛の気持ちを込めて、赤いエナメル質のハイヒールに舌を這わせる。不味《まず》い。しかし、つるつるしているので舌の感触はいい。

右の次は左と、先の尖《とが》った高さ七センチほどのハイヒールを舐めていると、上から声が降ってきた。

「もう、いいわ……合格よ。立ちなさい」

耕太が立ちあがると、礼子がぎゅっと抱きしめてくれて、キスまでしてきた。耕太の顔を押さえつけるようにして、唇を押し当てて、角度を変えて唇を合わせてくる。舌までもつるりと入り込んできた。

（えっ……舌まで？　そうか、俺は合格だったから、だから……）

甘い香りの女の息がかかり、同時になめらかか柔軟な舌が口腔を這いまわる。耕太が必死に応えようと、舌を差し出すと、そこに舌がからんでくる。舌の先がぶつかりあい、礼子はくすくす笑って、言った。

「いいのよ、それで……わたし、男の子にいろいろと教えるのが趣味なの。きみは性格がいいから、合格。きみが性豪として恥ずかしくないように、セックスの手ほどきをしてあげる」

礼子が至近距離で言う。

『セックスの手ほどき』というあまりにも魅力的な言葉が、頭のなかを駆けめぐった。

「どう、いや？」

「いやじゃありません！　手ほどきしてほしいです、すごく！　れ、礼子さんのような方に教えていただければ、本望です！」

「今、さり気なくわたしの名前を呼んだわね。いいわよ、課長じゃしらけるから、これから二人だけのときはそう呼んで……わかった？」

「はい！」

「いい返事ね。きみ、かわいいわ。ううん、容姿じゃないわよ。性格がかわいいってこと。来なさい」

手を引かれて、大きなベッドに連れていかれ、押し倒された。

3

礼子は馬乗りになって、背中のホックを外して、ブラジャーを取った。

（ああ、すごすぎる！　これが、成熟した女のオッパイなのか……！）

大学の先輩はどちらかと言うと、貧乳だった。

母のものを除いて、実際に目にした乳房はその控えめなものしかなかったから、今目にしている胸の大きさや形の良さにびっくりしてしまった。はっきりとはわからないが、多分、カップはDくらいだろう。理想的な大きさなのかもしれないが、貧乳しか見ていない耕太はついいうっとりと見とれてしまう。

しかも、直線的な上の斜面を下側の充実したふくらみが押しあげたとてもいやらしい形をしていて、セピア色の乳首がツンと勃《た》ち、その誇らしげな形が但馬礼子の性格をそのまま現しているように見えた。

「どうしたの、胸ばかり見て……そんなにオッパイが珍しい？」

またがったまま礼子が、ウエーブヘアをかきあげた。

「いや、すごくきれいで大きな胸なので、見とれてしまいました」

「そう……そんなに？」

「はい……こんなオッパイと抜群のスタイル、グラビアページでしか見たことがありません……ああ、ＡＶもですけど……」

「面白い子ね。正直者と言えばそうだけど……触ってみる？」

「ああ、はい……！」

礼子が屈むようにして、ぐっと胸を顔に寄せてきた。

耕太は両手を伸ばして、おずおずと揉む。

やはり、大きい。しかも、柔らかくて、指が沈み込んでいく。ついつい力が入った。

「ダメよ。強すぎる……女の胸は大切に扱って……きみがオッパイを吸っていたところでしょ？」

礼子が早速、手ほどきをはじめる。

「ああ、はい……」

「それに、オッパイ自体は女の子はそうは感じないのよ。問題は乳首ね。ほとんどの子は乳首がすごく感じるの。吸ったり、舐めたりすれば、女の子は徐々に濡れてきて、おチンチンが欲しくなるの。わかったら、乳首を愛撫してみて。吸ったり、舐めたりするのよ」

そう言って、礼子はたわわな胸を上から押しつけてくる。

耕太は乳房をつかんだまま、向かって右側の乳首にしゃぶりついた。吸ったた

だけで、

「ぁあん……そうよ、そう……そのまま、長く吸ったり、短く吸ったりしてみて」

「こうですか……？」

耕太は乳輪ごと乳首を吸い込み、それにリズムをつける。チュッ、チュッ、チュッーと三拍子で吸うと、

「あっ、あっ、ぁあん……いいわ。上手よ。気持ちいい……気持ちいい……」

礼子は褒《ほ》め上手だった。

耕太も褒められて伸びるタイプだ。言われたようにリズムをつけて吸っていると、たちどころに乳首が硬くしこってきて、大きくなった。

(すごい……女の人の乳首ってこんなになるんだな)

先輩とのセックスはあまりにも悲惨なもので、フェラチオしてもらってすぐに挿入していたから、女の身体のことはほとんどわかっていなかった。

「ちょっと、痛いわ……調子に乗らないで。適度に吸ったら、今度は舐めて。

やってみて……」

「すみませんでした！」

耕太ははきはき謝って、乳首に舌を這わせる。

ＡＶ男優がやっていたのを思い出して、尖っている乳首を舌で横に撥《は》ねた。

舌をレロレロさせればいいのだから、これは難しいことではない。

舌が突起を横に弾いて、

「んっ……んっ……ぁああ、気持ちいいわ……上手よ、上手……今度は上下にもね」

礼子がコーチしてくれる。

耕太は舌をべっとり張りつかせて、突起を上下に舐める。すると、存在感を増した乳首が微妙に動き、

「あっ……あっ……ぁああうぅ、それ、いい……！」

礼子が心底感じているようなので、耕太は自分に自信が持てた。

それから礼子は、舌を旋回させて舐める方法を教えてくれた。

「今度は反対側の乳首を……今、教えたやり方をミックスするのよ。それから、

大切なことを教えるわね。いい？」

「はい……教えてください」

「いつも、返事はいいのね。上司に好かれるタイプよね……まあ、それはいいわ。いい、女性は乳首を両方一緒に愛撫されると、すごく気持ちがいいの。でも、唇も舌もひとつしかないよね？　そういう場合、どうしたらいい？」

「……指ですか？」

「正解。指を舐めて濡らして、すべりをよくして、それから、乳首を指で捏《こ》ねたり、まわしたり、引っ張ったりするの。難しいから、まずは指だけでやってみなさい」

うなずいて、耕太は右手の指を舐めて濡らし、向かって右側の乳首をつまんで、左右にねじった。これもＡＶ男優の真似だ。

「そうよ、そう……上手よ。ああ、気持ちいい……腰が自然に動いちゃう」

見ると、礼子のライラック色のハイレグパンティに包まれた下腹部が、ぐぐっ、ぐぐっとせりあがっている。

「いいわよ、上手……今度は口も一緒に」

礼子の指示通りに、向かって左側の乳首にしゃぶりついた。

教えてもらったことを思い出して、上下左右に舌を走らせ、時々、チューッと吸う。そうしながら、右手で左の乳首を捏ねる。

と、礼子の気配が変わった。

「ぁああ、ああ……気持ちいいの……ぁああ、そうよ、そう……上手。とっても上手……いいのよ、それで。アレンジもしていいから……」

礼子が喘ぐように言う。

(アレンジって？　そうか、たとえばこんな感じか？)

耕太は顔の位置を移して、反対側の乳首を吸い、舐める。そうしながら、もう片方の乳首をつまんだり、引っ張ったりする。

それをつづけてから、また乳首を変えて、同じことをする。

「ぁああ、きみ、才能あるかも……。ねえ、セックスでいちばん大事なことって何だと思う？」

「……あれの持続力ですか？」

「バカね。そんなのはどうでもいいのよ。それより、いつも相手のことを感じること。今、きみは乳首を攻めながら、自分のしていることに夢中になっているでしょ？」

「はい……」

「それではダメなの。こうしたら相手はどういう反応をするかを、しっかり観察するの。女の身体はとても素直だから、感じたら感じたなりの反応をするから、それを察知しなさい。いい、セックスは誰としても同じことをしていてはダメなのよ。その相手の子がどうしたら感じるのかは、各自ばらばらだから。それを察知して、いろいろとやりわけることのできる男が、セックスの上手い男なの。わかった？」

「はい……何となく」

「急にいろいろと言われても、記憶に残らないかもしれないわね。今度はわたしが下になるから……」

そう言って、礼子はまたぐのをやめて、ベッドに仰臥《ぎようが》し、乳房を手で覆い、太腿をよじりあわせて、恥部を隠した。

（ああ、色っぽい！）

きっと、礼子は本質的にはとても女っぽくて、羞恥心《しゅうちしん》を持っているのだろうと感じた。

そのヴィーナス像みたいな凹凸のある肉体に生唾を呑みながら、耕太はおずおずと愛撫していく。

たわわな乳房をモミモミし、硬くせりだしている乳首をさっき教えてもらったことを思い出しながら、吸い、舐めると、やはり下になったほうがリラックスしていっそう感じるのか、

「んっ……あっ……ぁあうぅ、いい……」

礼子はセクシーな声を洩らしながら、身体をよじり、顎をせりあげる。

顎を突きあげるのは、女が感じているからだと聞いたことがある。

（よし、大丈夫だ！）

勇気をもらって、耕太は顔を下へ下へと移していく。

縦に長いお臍《へそ》にキスをすると、

「くすぐったいわ……そこはしなくていいから。お臍の形にコンプレックスを持っている女の子は多いから」

礼子は笑いながら言う。

そういうものか……耕太はお尻を腕に抱き込みながら、臍から真下へと舐めおろしていく。

見ると、ライラック色のレース付きハイレグパンティの細長くなった基底部がそこに食い込み、ぷっくりとした肉土手が左右からはみだしていた。

(ああ、すごいモリマンだ!)

耕太は足の間に体を入れて、基底部を舐めた。そのうちに股布が湿ってきて、いっそう恥肉の谷間に食い込み、渦を巻いたような陰毛が透けだしてきた。

しかも、食い込んだ基底部の脇から、数本の陰毛がはみだしていて、ふっくらとした左右の肉土手がたまらなかった。

思わず股布をつかんで、きゅーっと引っ張りあげていた。

「ぁあん……ダメよ。初めてのときにそんなことしては」

礼子が笑いながら、戒《いまし》めてくる。

「ああ、すみません……」

「下着を脱がして……」

「ああ、はい……」

女性のパンティを脱がすなど初めての体験だ。両脇を持って、ライラック色の小さな布地をおろし、苦労して足先から抜き取った。

(うおおっ、すごい！　毛深いじゃないか！)

礼子の折り目正しく、清潔好きの性格からは想像できなかった。少し縮れた漆黒《しっこく》のびっしりとした翳《かげ》りが、菱形に撫でつけられたように密生していた。

その黒いビロードみたいな光沢《こうたく》が、とてもセクシーだ。

「ダメよ。あまりじっと見ないで……恥ずかしいじゃない。女の子はね、自分の性器にコンプレックスを抱いているの。右側と左側のびらびらの大きさが違うとか、色が浅黒いとか……だから、あまり観察してはダメよ。わかった？」

「はい、わかりました。でも、礼子さんのここ、すごくきれいです。色もピンクだし、びらびらも左右対称だし……ああ、すごい……なかからラブジュースがあふれて、ぬるぬるしています」

「……ああん、恥ずかしいわ……いいから、舐めてみて。クンニは初めて？」

「ほぼ初めてです」

「舐める箇所は大きく分けて、三箇所。クリトリスと膣前庭と膣口ね」

「……ち、膣前庭って？」

「びらびらの内側のことよ。いちばん舐めやすいところ……いいわよ。舐めて……ぁああ、早くぅ……ねえ、ねえ……」

礼子が急に女っぽくなって、せがんできた。

（ここだな……）

耕太は舌をいっぱいに出して、びらびらの狭間《はざま》に這わせた。ほとんど匂いはなくて、わずかに甘酸っぱい味がする。それ以上に、舌にまったりとした粘膜のようなものがまとわりついてくる。こんな感触は初めてだ。

自信はないが、こうしたらいいんじゃないかというやり方で執拗《しつよう》に狭間を舐めていると、

「ぁああ、あああ……上手よ。気持ちいい……蕩《とろ》けていく。ぁあぁぁあうぅうぅうぅう」

礼子がもっととばかりに下腹部をせりあげてくる。

耕太のクンニが上手いはずはないのだか、きっと、礼子がすごく敏感なのだ

ろう。もっとも、耕太に自信を持たせるために、感じるフリをしていることも考えられるのだが……。

いずれにしろ、耕太は昂奮して、イチモツが痛いほどにいきりたった。

それでいて、夢の世界にいるようで、ふわふわしていた。それはそうだ。我が社でも、その美貌と営業力を合わせればナンバーワンの女課長のオマ×コを、自分のような新入社員が舐めさせていただいているのだから。

舐めても舐めても、ねっとりしたラブジュースがあふれてくる。

「もう、そこはいいわ……次はクリトリスをお願い……わかるわよね、クリちゃんの位置は？」

「はい……ああ、でも小さくて隠れていて、よく見えません」

「そこはとても敏感で大切な器官だから、普段はひっそりと身を隠しているの。刺激したら、姿を現すのよ。いいから、舐めてみて」

礼子が言う。

耕太はそのあたりにそっと舌を走らせた。

笹舟の形をした女性器の上のほうに、包皮をかぶった突起があって、そこを舐めていると、だんだん大きくなった。

「ぁあぁ、気持ちいい……次は剥《む》いてみて。上からそこを引っ張ったら、つるっと剥けるから。包茎《ほうけい》のペニスだと考えればいいわ。でも、普段は隠れているから、とても敏感な箇所なのよ。剥かれた亀頭部を強く刺激されたら、つらいでしょ？」

「ああ、はい、わかります」

耕太は今は剥けているが、若い頃は半包茎だったから、よくわかる。

「だから、とても繊細にやさしくね。それで充分に感じるから」

礼子は丁寧に教えてくれる。手ほどきが上手だ。その説明には一々うなずけるものがある。

「やってみます」

耕太が上から突起を引っ張ると、皮が剥けて、小さな珊瑚《さんご》色の突起が姿を現した。それはとても繊細なもので、小さなポリープのように突きだしている。

(こんな小さなものが、女性のいちばんの性感帯なんだな)

不思議でしょうがない。

きっと、これは創造主が女性の性感を高めるためにお造りになった、最高の器官なのだろう。

顔を寄せて、そっと舐めた。つるっと舌を這わせただけで、

「あんっ……！」

びくっと、礼子が震える。

（ああ、すごい……ちょっと舐めただけなのに、こんなに感じている！）

女体の神秘を感じつつ、小さな肉真珠にちろちろと舌を走らせた。乳首と同じように吸い込むと、

「ぁあああ……いい……もっと、もっと吸って！」

礼子が顔をのけぞらせながら、せがんでくる。

礼子のような女がこれだけ求めてくるのだから、やはり、クリトリスは女性の最高の性感帯なのだろう。

耕太は、チュ、チューッと陰核を根元ごと吸引した。

「やぁああああ……おかしくなっちゃう……おかしい……ぁああ、あっ、あっ、あああうぅぅ」

リズミカルに吸うと、そのたびに礼子は喘ぎ、ピーンと美脚を突っ張らせる。あまり吸ってばかりだとさっきの乳首と同じで、つらくなるだろう。そう考えて、今度は舐めた。

乳首ははっきりとわかるが、陰核は小さすぎて、あまり実感がない。それでも、集中して突起を感じつつ、舌を横揺れさせると、

「あっ、あっ、あっ……ぁああ、信じられない。上手よ。上手……ぁああ、あああ、電流が走る。気持ちいい……いいわ、いいの……そうよ、そう……吸って！」

礼子の逼迫《ひっぱく》した声がする。

耕太がチューッと吸うと、

「ぁあああああ……イキそう……イキそう……チュウチュウ吸って……そうよ、そう……ぁあああ、イクぅ……！」

礼子が両足をピーンと伸ばして、のけぞり返った。

(イッたのか？　イッたんだよな)

耕太が体を起こすと、礼子は顔と身体を横に向け、ぐったりしていた。

4

（すごいぞ、俺！　あの高嶺の花である但馬礼子をクンニでイカせたんだ！）

耕太は昂奮しすぎて、震えていた。

それに下腹部のものは、いまだなかった角度でいきりたっている。

ついつい、それを握って、しごいていた。

礼子は柔らかそうなウエーブヘアを枕に散らし、まるで時が止まったみたいに静かに横たわっている。

形のいい乳房を隠すこともできずに、すべてをさらして絶頂の余韻にひたっている。

（ああ、礼子さん……色っぽすぎる！）

ぎゅっ、ぎゅっと勃起をしごいていると、それを見た礼子が復活してきて、耕太を押し倒した。

「もったいないことをして……いやらしい男ね。気を遣《や》った女を見ながら、オナるなんて……ひょっとして、きみ、セックスの才能があるかもよ。わたしが『セックスの鉄人』に育ててあげる」

優美な顔をほころばせて、礼子が下半身のほうに移動した。

耕太の足の間にしゃがんで、陰毛を突いてそそりたっているものを握って、亀頭部にちゅっ、ちゅっと愛情に満ちたキスを浴びせてくる。

「あっ、おっ……」

耕太は感激していた。

大学の先輩にフェラチオされたことはある。しかし、それは随分といい加減なもので、こんな愛情に満ちたキスはしてくれなかった。

礼子は垂れ落ちた髪で顔を半分隠しながらも、亀頭部を横から押して、尿道口をひろげ、そこに唾液を落とした。

命中した唾液を、尿道口に塗り込むように舌をつかい、ちろちろとあやしてくる。

(ああ、すごい……あの但馬礼子がオシッコの出るところを舐めてくれている)

夢のようだ。夢なら、絶対に覚めないでほしい。

礼子が髪をかきあげながら，ちらりと耕太を見た。

その目が魅力的で、瞳が潤んでいる。

こんな表情はこれまで見たこともなかった。女の人はセックスするときは、日常とはまったく違った顔を見せてくれるのだろう。

それで、男はますますその相手から離れられなくなってしまうに違いない。

礼子がぐっと姿勢を低くして、根元から裏筋をツーッと舐めあげてきた。あまりの心地よさに、耕太は呻く。

すると、礼子はふふっと口許《くちもと》をゆるめ、裏筋を何度も舐めあげてくる。

「ぁああ、気持ちいいですぅ！」

思わず言うと、礼子は亀頭冠の真裏を集中して攻めてきた。

裏筋の発着点がこんなに気持ちいいものだとは知らなかった。

ちろちろっと連続してそこを刺激され、同時に肉棹を握って、しごかれると、耕太は早くも射精しそうになった。

「ああ、ダメです。出ちゃう！」

ぎりぎりで訴えると、礼子はまだ早いわよ、とばかりに舌を離し、今度は咥《くわ》え込んできた。

きっと手加減してくれていいのだろう。

ゆっくりと唇をすべらせる。

手を離して、静かに寝元まで咥え込んできた。

唇が陰毛に接するまで深く頬張り、髪をかきあげながら、じっと耕太を見る。

その、自分のフェラチオがもたらす効果を推《お》し量《はか》るような目が、たまらなくセクシーだった。

「気持ちいいです……すっぽり咥えられると、すごく気持ちいいです」

耕太が答えると、礼子は頬張ったままにこっとし、ゆったりと顔を振りはじめた。

ぷにっとした唇が表面をすべり、その適度な締めつけがたまらなかった。

それから、また肉の柱をぐっと奥まで吸い込んだ。

ぐふっぐふっと噎《む》せながらも、決して吐き出そうとはせず、陰毛に唇が接するまで頬張って、チューーッと吸ってくれる。

「ぁあああ、おおぅ……！」

ひろがってくる快感に、思わず声をあげていた。それほどに気持ち良かった。しかも、礼子は深く頬張ったまま、顔をS字に振って、肉棹を刺激してくるのだ。

「くっ……おっ……あっ……」

熱い陶酔感が一気にふくらんできた。

と、それをわかっているかのように、礼子は唇をスライドさせながら、根元を握った。五本指でいきりたちをぎゅっ、ぎゅっと力を込めてしごいてくる。

同じリズムで亀頭部を中心に、唇をすべらせる。

「ぁああ、ダメです。出ちゃう！」

熱いものが急速にひろがって、訴えていた。

すると、礼子はちゅるっと吐き出して、肉棹を握ったまま、またがってきた。

いきりたつものを沼地に押し当てて、ぬるぬると擦りつけてくる。

それから、膣口にしっかりと押し当てて、沈み込んできた。

とても窮屈な入口を亀頭部が突破すると、内部へと潜り込んでいき、

「うあっ……！」

礼子が低く呻いた。

顔を持ちあげながら、さらに腰を落とし、それを奥まで受け入れると、

「ぁあああ……いい！」

上体をのけぞらせ、もう一刻も待てないとばかりに腰を振りはじめた。

（すごい……なかがぐにぐにしてる。ぁあ、揉み込まれる！）

大学の先輩とは全然違って、とろとろの粘膜が柔らかくまとわりつてくる。

しかも、肉襞が侵入者を内へ内へと招き入れるような動きをする。

（これが、熟女のオマ×コなんだな！）

初めて味わう熟女の膣のあまりの気持ち良さに、耕太は舞いあがる。

それだけではない。目の前には、官能美にあふれた女体がある。

礼子は両手を耕太の胸に突いて、腰を前後に揺らしている。柔らかなウエーブヘアから優美な顔が見え隠れし、たわわな乳房も揺れている。

と、礼子が両膝を立てた。

耕太をまたいだ美脚をM字に開き、ゆっくりと腰をあげていき、頂点から静かに落としてくる。

これだと、勃起が受ける刺激が全然違う。

さっき体位は根元から揺さぶられる感じだったが、これは、縦運動だから、まるで自分がピストンしているような快感がある。

しかも、きっと意識的にしているのだろう。礼子は時々、ぎゅっと膣口を締めてくる。

その状態で上下動されると、甘い快感がうねりあがってきた。

「ぁああ、くっ……出ちゃいます！」

「もう少し我慢しようね」

やさしく言って、礼子が覆いかぶさってきた。

髪の毛を撫で、キスをしてくる。ちゅっ、ちゅっと顔面にかるいキスを浴びせ、唇を重ねてきた。

とろりとした舌を差し込んで、ねっとりと口腔を舐める。

そうしながら、腰を動かしつづけている。

キスをしつつ、腰を上下に振り、さらには、くねらせる。

もちろん、こんなことは初めだ。女がキスをしながら腰を振るなど、考えもしなかった。

(すごい、すごすぎる……！　ぁあああ、気持ちいい……口もあそこも蕩けていくみたいだ)

耕太はキスと律動《りつどう》にうっとりと酔いしれる。

礼子がキスをやめて、上から耕太の肩を押さえつけ、腰を打ち据《す》えてきた。

女に犯されているようだ。

男のように腰をつかいながら、礼子はじっと上から見つめてくる。その様子をうかがうような、男の快感を自分も共有しているような表情は、耕太が生まれて初めて目するものだった。

(ああ、チャーミングすぎる！　セックスってこんなにも素晴らしいものだったんだ)

うねりあがる快感を必死にこらえた。

しかし、キスをやめた礼子が両手を突いて、激しく腰を打ち据えてくると、もう我慢できなくなった。

「ぁああ、出そうです！」

「いいのよ、出して……いいのよ」

「でも、まだ、礼子さんが……」

「ふふ、やっぱりきみは素質がある。こんなときにも女性のことを気にかけるなんて、なかなかできないことよ。その気持ちだけで充分……いいのよ。出して……いいの、わたしが受け止めてあげる。こうしたほうが出せるでしょ？」

礼子が抱きついてきた。

「膝を曲げて……そう。これだったら、突きあげられるわね。下から突きあげなさい……」

「こうですか？」

耕太はぐいぐいと下から腰を撥ねあげた。

衝撃が逃げないようにごく自然に腰と尻をつかみ寄せていた。腰を持ちあげると、屹立《きつりつ》が斜め上方に向かって、膣を擦りあげていき、甘い陶酔感が一気に上昇した。

「ぁああ、出ます！」

「いいのよ、出して……いいのよ」

「ぁああ、ああ、おおぅ……！」

ダダダッとつづけざまに突きあげたとき、あの至福が訪れた。

ぐいと奥まで打ち込んだ瞬間に、熱いものが噴出していく快感が耕太を貫いた。

「あっ……ぁあああああ！」

まるで女の子がイクときみたいな声をあげて、耕太は放っていた。

先輩は中出しをさせてくれなかったから、これが人生で初めての中出しだった。

（うおおっ……腰が勝手に痙攣《けいれん》している！）

打ち尽くすと、礼子が離れた。

射精したはずなのに、イチモツはまだ硬さを保って、宙に向かっている。

「あらあら、すごいわね……まだこんなに硬いまま……ひょっとして、きみも性豪かもしれないわね」

ちょっと鼻にかかった魅力的な声で言って、礼子はいつものアルカイックスマイルを浮かべる。不思議なのは、さっきよりずっと肌つやがよくなっていることだ。

きっと、女はイクと女性ホルモンが分泌《ぶんぴつ》されて、肌もつやつやになるのだろう。

「まだ、したい？」

「はい……全然平気です」

「やっぱり性豪の素質があるのね。こんなとっぽい顔をしてるのに……」

微笑んで、礼子がまた肉棹にキスをしてきた。

仰向けになった耕太の股間に、斜め横から顔を寄せて、キスを浴びせ、丁寧に舐めてくる。

（ああ、自分のラブジュースがついているのに……！）

礼子のような清潔好きで、仕事でも些細《ささい》なミスも許さないキャリアウーマンが自分の愛蜜の付着した男のシンボルを厭《いと》うことなく、舐め清めてくるのだ。

きっと、セックスは日常とは全然違うのだ。女性は普段とは違うもうひとつの顔を見せてくれるのだ。だから、男も女もセックスにとち狂うのだ。

「今度は上になりたいでしょ？　いいわよ、して」

礼子が自らベッドに仰向けに寝た。

「そのままでは入れにくいから、女の膝をすくいあげて……そうよ、そう……きみはまだ初心者たから、わたしが膝を持っていてあげる。入れるところは見える?」

「はい……だいたいわかります。ああ、すごい……ぬるぬる光ってる……」

「入れて……いいのよ。ああ、欲しい。耕太くんのおチンチンをちょうだい。礼子のオマ×コに入れてちょうだい」

礼子が誘うようにくなっと腰をよじった。

耕太は再突入する。

上に撥ねてしまう勃起を押さえつけ、位置をさぐり、茜色《あかねいろ》にぬめ光っている女の祠《ほこら》に切っ先を押し当てて、慎重に沈めていく。

亀頭部が狭い入口を押し広げていき、あとはぬるぬるっと嵌《は》まり込んでいき、

「ああ……いい! 信じられない。カチカチよ。きみのカチカチ……ああああ、奥まで入ってくる」

礼子が自分で両膝を持って開きながら、顎をせりあげた。

「おおぅ……！」

耕太も吼《ほ》えながら、腰を叩きつけていた。

きゅんとくびれた細腰を両手でつかみ寄せて、ぐいぐいと打ち込んでいく。

よく練れた肉襞がうごめきながら、からみついてくる。

きっと、女の人のここはやればやるほど性能が良くなるのだろう。礼子は三十八歳で、バツイチなのだからそれなりにやり込んでいて、ますます具合が良くなっているに違いない。

さっき出していなければ、たちまち放っていただろう。

耕太は元々早漏気味だったが、二度目のせいか、まだまだ行けそうだ。

「そうよ、そう……上手よ。ひとつ教えておくわね。女性のなかには、奥を突かれると感じる人もいるし、あまり奥を突かれるとつらいっていう人もいるの。挿入しながら、よく女の反応を見るのよ。浅いところが感じる人には、浅いところを。奥が感じる人には深いところを……わかるわね？」

「はい……わかります」

「ここで問題。わたしはどっちだと思う？」

「……多分、深いところが感じると思います」

「正解！　よく観察してるじゃないの。偉いわよ。でも、深いとこばかり突いていても、刺激に慣れてしまう。だから、浅瀬をかるく突いておいて、いきなり、奥を突くとか……わかる？」

「はい……三浅一深って、聞いたことがあります」

「そうよ、それでいいの。ああ、ちょうだい。女は何度でもイケるのよ。イケばイクほど感度が良くなるの……最後は狂ってしまう。そうなると、その男と別れられなくなる。きみにはそこまで行ってほしい。言ったでしょ？　わたし、若い子を育てることが好きなの。生き甲斐を感じるの」

「……やってみます。礼子さんの期待に応えます」

「ふふっ、ほんといい子ね。ああ、ちょうだい。イカせて、もう一度イカせて」

「はい……！」

耕太は三浅一深で攻めたてた。浅く、浅く、浅く、で最後にズンッと奥を突く。

それを繰り返していると、礼子の気配が変わった。

「あっ、あっ、あっ……ぁあん！」

打ち込みのリズムに合わせて喘ぎながらも、美貌をのけぞらせる。両手で自分の膝を持って開き、屹立を深いところに導き入れる。

打ち込むたびに、たわわな乳房が縦に揺れて、ウエーブヘアも扇《おうぎ》のように枕に散っている。

これほど官能的な姿を目にするのは初めてだった。しかも、自分が女性を乱れさせているのだ。歓喜に導いているのだ。

熱いものが体の奥から湧きあがってきた。

射精前に感じるあの逼迫感が押し寄せてくる。

「ああ、出します……！」

「いいのよ，出して……あああ、イッちゃう。また、イッちゃう！」

「おおぅ、礼子さん、好きです！」

吼えながら、つづけざまに深いところに打ち込むと、

「あん、あんっ、ああんっ……イク、イク、イッちゃう……来て、来てぇ……

やあああああぁぁぁ……くっ！」

礼子がグーンとのけぞり返った。

その直後、耕太も放っていた。

頭がぐずぐずになるような射精感がひろがって、まだこんなにも残っていたのが不思議なくらいの、大量の精液をしぶかせていた。

第二章　海岸沿いのラブホテル

1

昼休みに、耕太は会社の食堂で、いちばん安いA定食をトレーに載せて、場所をさがしていた。

と、児玉瑞希が窓際のテーブルにひとりで座っているが見えた。

セミロングのさらっとした髪、女優の石原里美《いしはらさとみ》に似たきれいな顔をして、白シャツに水色のベスト、膝までのボックススカートという事務員の制服姿で、うどんを啜《すす》っている。

その横顔がとても物憂《ものう》げに見え、また、彼女にひそかに片思いをしていることもあって、耕太は瑞希に近づいていく。

この前、デートが上手くいかなかったから、そのフォローをしたかった。

それに、ソープ嬢が耕太のことをすごい性豪だったと言っていたというウワサは、彼女の耳にも当然入っていることだろう。

他の者はともかく、瑞希にだけは事実を伝えておきたかった。

すぐ隣に席を取り、座ると、瑞希はわかっているはずなのに無視して、淡々とうどんを啜っている。

(やっぱり、あのウワサの件で腹を立てているんだろうな)

耕太はA定食に箸をつける前に、話しかけた。

「あの……」

「何よ!」

瑞希がむっとしてこちらを見た。

明らかに怒っている。やはり、あのウワサを知っているのだ。

だが、みんなに聞かれるような場所で、じつは……とは言えない。

「今度、いつ空いてる? 空いてるときでいいから、ちょっと話をしたいんだ」

おずおずと切りだした。

「……最近、忙しいから……」

「そうなの？」

「ええ、忙しいわ」

瑞希が断言する。

瑞希はこの近所に住んでいて、寮には入っていない。だが、定時に帰宅できる総合事務の仕事をしているから、忙しいはずはないのだが。

(やはり、俺は嫌われているんだな)

だとしたら、一刻も早く、あのウワサを打ち消さなければいけない。しかし、いくら何でもここでは無理だ。

「すごく大切な話なんだ。電話では話せないような。だから、いつでもいいから、空いているときに連絡してくれませんか？」

ついつい話し方まで、他人行儀になってしまう。

「大切な話って？」

うどんを食べ終えた瑞希が、訊《き》いてきた。

「だから、ここでは話せないんだ……例のウワサの話だよ」

言うと、瑞希が顔を寄せて耳打ちしてきた。

「ソープに行くような人は、大嫌い！　もう、話しかけないで！」

怒りをあらわに立ちあがり、トレーを持って、食器返却口に足早に向かう。ちょうどいい大きさに実ったヒップが怒りで揺れるのを見ながら、

（あちゃっー！　そうとう嫌われてるな。誤解をとく間もない）

元々、釣り合わないんだから、諦《あきら》めたほうがいいのかもしれない。

（いや、だけど……普通は嫌いな男とデートをしないだろう。一応デートにつきあってくれたのだから、何パーセントかは可能性が残っているんじゃないか？　いずれにしろ、事実を知ってもらうべきだな……）

などと未練を残しながら、A定食の魚のフライを食べていると、さっき、瑞希がいた席に、岡田恵美が座った。

あのウワサを振りまいた張本人だ。

恵美は工場で働いているから、グレイの半袖の上着をはおり、同色のズボンを穿《は》いている。

普通なら、ダサく見えてしまうその制服を、かわいい、と感じてしまうのは、恵美がアイドル顔負けの顔をしているからだ。ふっくらしてはいるが、目が大

きく、鼻先がツンとしていて生意気そうだ。だが、小柄なこともあって、それをかわいいと感じる男性は多い。

実際は二十六歳なのだが、見た目はもっと若く見える。

恵美は隣の席で、A定食のワンランク上のB定食のカツを口に運び、

「ああ、美味しい……ここのポークカツは最高！」

そう言って、初めて耕太を見た。

「そう思わない？」

「あ、ああ……そう思うよ」

「でも、A定食なのね」

「それは……」

要するに金がないだけだが、それを理由にはしたくない。

「カツばっかりじゃあ、飽きるからだよ……」

「ふふっ、そういう言い方もできるね」

恵美が微笑む。明らかに男を意識した作り笑いだが、これを実際にかわいいと感じてしまうのだから、仕方がない。

いや、かわいいなんて骨抜きにされている場合じゃない。いい機会だから、あのことを切りだそう。

「で……じつは、きみに話があるんだけど……」

「何？」

「ここじゃなんだから、出てから、どこか人のいないところで」

「わたし、これから忙しいのよ」

「じゃあ、いつがいいんだ？」

「そうだ。今度の日曜日に、二人でドライブにでも行かない？」

そう言う恵美の大きな瞳が輝いている。

「えっ……？」

まさかの提案に驚いた。

「山田くん、確か車持ってたよね」

「ああ……中古だけど。今も会社の職員用駐車場に停めてあるよ」

「だったら、ちょうどいいじゃん。ねっ、行こうよ。わたし、ひさしぶりに海を見たいの。そのときにでも、話を聞かせてもらうよ。車のなかから、いいんじゃない？」

確かにそうだ。

それに、こんなかわいい子とドライブなんて、これまでしたことがなかった。

「……わかったよ。それで、いいよ」

「ヤッタ！　じゃあ、わたし、ドライブコース考えておくね」

「……ああ」

おしゃべりで自分勝手だが、確かに明るいしチャーミングだ。この明るさに惹《ひ》かれて、会社の何人かの男が告白して、フラれたと聞いている。

恵美は食べるのも早かった。

あっという間にB定食を平らげて、

「じゃあ、日曜日の午前十時に会社の駐車場で」

そう言って、返却口に向かって歩いていく。

そのズボンに包まれたぷりっとした尻を見届けて、耕太は最後に冷たくなった味噌汁を飲む。

（よかったんだよな。うん、大丈夫だ。ドライブしながら、例の誤解を解けば……しかしそうなると、俺が全然性豪じゃないってことがばれてしまうな。但馬礼子はその誤解を誤解のまま利用しなさいって言ってくれたんだよな……まずかったかもしれない。とにかく、この件を礼子さんに相談してみよう)

耕太はようやく食事を終えて、倉庫に向かった。

2

その日の夜、二人だけのオフィスで耕太は礼子と向かい合って座っていた。

「……ということになったんですけど……俺、どうしたらいいでしょうか?」

事情を話し終えて、礼子を見る。

礼子はブラウスを着て、タイトミニを穿いていた。おまけに足を組んでいるので、肌色のストッキングに包まれた長い足の太腿までもが見えそうだ。

礼子は髪をかきあげて、ゆっくりと足を組み替えた。そのとき、スカートの奥に真っ白なものが見えた。パンティだ。今日、礼子は白いパンティを穿いているらしい。

（へえ……礼子さんのような人でも、白を穿くんだな）

感心していると、礼子が言った。

「結論から言うと、事実は明らかにしないほうがいいと思うわ」

「えっ……？」

「だって……もったいないじゃないの。考えてもみなさいよ。恵美ちゃんみたいな人気のある子が、どうしてきみを誘ったんだと思う？」

「……さあ」

「わかってないのね。きみのセックス目当てに決まってるじゃないの」

「ああ……だけど、それだと……」

「下手くそがばれちゃうよね。ドライブするんだったわね？」

「はい……」

「だったら、カーセックスの仕方を教えてあげる。きみの車、うちの駐車場に停めてあったわね？」

「はい……」

「じゃあ、早速……一夜漬けだけど、しないよりしたほうがマシでしょ？」

礼子が腰を浮かせたので、ここは心のうちを吐露するしかないと思った。

「だけど……俺、その誤解をときたい理由があるんです？」

「何なの？　聞かせて」

礼子がまた椅子に座りなおした。

「じつは、俺……」

と、耕太は児玉瑞希が好きで、彼女とは一度だけデートもしたことがあった。しかし、ソープ嬢と寝て、性豪だと言われたというウワサがひろがってから、完全に無視されている。瑞希にだけはその誤解をときたいのだと話した。

「……あの、児玉瑞希と……デート？」

急に真顔になって、礼子が身を乗りだしてきた。

「そうですけど……何かいけなかったですか？」

「びっくりよ。驚愕《きようがく》したわ。そうか、瑞希ちゃんはきみみたいな男がタイプなのね……」

「あの、何かあるんですか？　教えてください」

「知らないの？　瑞希ちゃん、会長のお孫さんなのよ」

「はっ……！」

啞然《あぜん》としてしまった。

うちの岩見会長は八十歳で、会社の創業者だからまだまだ発言力もあるし、人事権も持っていると聞いていた。会長の長男が、社長の座を継いでいる。

「でも名字が……？」

「バカね。娘が結婚して、性が変わったのよ。寵愛《ちようあい》していた娘の子供が、瑞希ちゃんってわけ。でも、それがみんなにばれると、瑞希ちゃんのこと腫《は》れ物《もの》に触るみたいな扱いになって、かえって可哀相《かわいそう》でしょ？　だから、秘密にしてあるの。わたしは、自分の部下だから知っているんだけど……」

まさか、まさかな……。

「じゃあ、俺は会長のお孫さんと、デート……？」

「そういうことになるわね」

礼子がまた足を組み替えた。

ちらりとのぞいた白いパンティが気になったが、今はそれどころではない。

体がわなわな震えてきた。

すると、礼子がまっすぐに耕太を見て、言った。

「瑞希ちゃんを抱きなさい」

「えっ……？」

「あの子を抱いて、恋人になりなさい。ううん、それだけじゃ、ダメ。どうにかして結婚にこぎつけなさい。そうしたら、きみの将来は保証される。課長、部長……末は重役は固いわね」

「いや、でも、俺なんか彼女と全然釣り合わないし……」

「だからダメなのよ、きみは」

礼子がまた身を乗り出してきた。

「チャンスよ。きみのあのウワサを聞いて、瑞希ちゃんがツンツンしだしたのも、結局は、きみが好きだからよ。わからない、そういう女心？」

礼子が手を握ってきた。

その温かい手の感触に感動しながらも、耕太は言葉に詰まった。

そう言われれば、そうかもしれない思う。しかし、自分に自信がないから、なかなかそうは考えられない。

「ねっ、そうなったら、わたしにはきみという強い味方ができるわけよ。わたしの今のいちばんの目標は、出世することなの。ううん、言い方が悪いな。会社を動かせる地位について、美容について考えていることを実行に移したいの。言っていることはわかる？」

「はい……だいたい、わかります」

「作戦を練らなきゃね。まずは、日曜日よね。恵美ちゃんには事実を伏せておきましょう。そしたら、きっと彼女は求めてくる。きみはそれに目一杯応えるのよ。彼女に、やっぱりすごいと思わせるの」

「でも、それだと、瑞希さんにもそれが伝わって……」

「そうね。だから、恵美ちゃんには自分と寝たってことだけは、口封じをして。それから、そうね。時期が来たら、きみのほうから瑞希ちゃんに打ち明けて。あれは誤解だってことを。そして、好きなのはきみだけだって、はっきり言うのよ。それから、しっかり抱くの。そのときが勝負よ。女の子は何だかんだ言って、セックスの上手い男から離れられなくなる。今のままではダメだから、それまで成長しよ。それで、瑞希ちゃんをメロメロにするの。きみから離れられなくするの。わかった？」

「……はい。でも、俺、自信ないです」

「だから、わたしが手ほどきをするって言ってるじゃないの。その代わり、きみが出世したときは頼むわよ。わたし、まだまだこの会社にいるから。部長の座も狙っているし……」

礼子があのアルカイックスマイルを浮かべた。

「まずは、日曜日ね。行きましょ。カーセックスを教えてあげる」

礼子が立ちあがったので、耕太もその後をついていって、オフィスを出た。

3

普段から使用しない耕太の普通車は、職員用の駐車場のなかでも奥のほうに停まっていた。すでに周囲は暗く、近くに車がぽつん、ぽつんと駐車してあるものの、人影はまったくない。

そんななかで、耕太がキーを開けて、運転席に座ると、礼子も助手席に乗り込んできた。

キーをロックすると、車内灯の明かりも消えて、満月の明かりのなかで、礼子がにこっとうれしそうに微笑む顔が浮かびあがった。

「じゃあ、まずはドラフェラを教えるわね。わかるよね、ドライブフェラチオ……」

「だいたいは……されたことはないですけど……」

「ほんとうはドライブ中にするんだけど……今は仕方ないわね。きみが昂奮して、事故ると困るし……」

そう言いながら、礼子は二人の間にある肘置きをあげる。

耕太の愛車はベンチシートで、シフトレバーもハンドルの横についたコラムシフト。真ん中の肘置きをあげると、完全にフラットな状態になる。

「まるで、ドラフェラのためにあるような車ね」

微笑んで、礼子が右手を股間に伸ばしてきた。

耕太はさっき礼子から聞いた瑞希の件を引きずっていたのだが、運転席に座って、ズボン越しにあそこをやわやわとマッサージされると、たちまち勃起してしまう。

愚息が礼子の指づかいを覚えていて、敏感に反応してしまうのだ。

「ふふっ、もうカチカチになってきた」

にこっとして、礼子はなおも股間を絶妙なタッチで触ってくる。

「ほんとうはドライブ中にされるんだから、気持ち良くなって目を閉じたりしてはダメよ」

「ああ、はい……」

そう答えながらも、これは相手がその気になってこその行為で、恵美はここまで積極的にはならないような気がする。その場合、あまり意味がないのではないかとも思った。

だが、股間を強弱つけてさけられていると、そんなことはどうでもよくなってきた。

と、礼子の手がベルトに伸びて、バックルを器用に外した。

「ねえ、ズボンと下着をさげてみて」

「えっ……？　ああ、はい……でも、大丈夫ですかね？　見つかったら……」

「平気よ。誰も来ないわ。いいから、しなさい」

耕太は尻を持ちあげて、ズボンとブリーフを膝までおろした。こぼれでてきたイチモツはすでに、恥ずかしいほどに月に向かってそそりたっていた。

「あらっ……頼もしいわ、きみのここ」

そう言って、礼子が身体を寄せてきた。

助手席から運転席に屈み込むようにして、いきりたっているものを右手で握り、しこしこしてくる。

「ぁあああ、くっ……！」

手コキされるだけで、圧倒的な快感がうねりあがってきた。

「それじゃあ、事故ってしまうわね。前を向いて、ハンドルを握っていなさい。そうよ、そう……何をされても、下を見たり、ハンドルを離してはダメよ」

「あ、はい……！」

耕太はハンドルを両手で握って、前を向く。

そのとき、温かくて濡れたものに分身が包み込まれるのを感じた。

下は向けない。だが、礼子がいきなりぱっくりと全体を咥え込んできたことはわかる。

シートベルトはつけてもつけなくても一緒だから、つけていない。

ちらっと下を見た。

礼子は下腹部に腰をひねって、下腹部に覆いかぶさるようにして、ゆったりと顔を振っていた。

「ああ、くっ……ぁああ、気持ち良すぎる！」

思わず言うと、

「ちゃんと前を見てる？　ハンドルをしっかり握って」

礼子が見あげながら、叱咤《しった》してくる。

「ああ、はい……」

また前を見る。

ふっくらとした唇が肉柱をスローテンポですべっている。

今、唇がどのあたりにあるかさえ、はっきりとわかる。

その唇が動きを速めた。

「んっ、んっ、んっ……」

くぐもった声とともに、猛スピードで唇でしごかれると、足が突っ張った。アクセルペダルを強く踏み込んでしまっている。もしこれがドライブ中だったら、いきなり車が暴走してしまっている。

（ダメだ……！）

ペダルに置いていた足の力をゆるめた。

すると、礼子がまた手コキをはじめた。

唾液でぬめる肉柱をぎゅっ、ぎゅっと握りしごいて、亀頭部をちろちろと舐めてくる。

気持ち良すぎた。

「あっ……くっ……ぁああ、絶対無理です！」

弱音を吐いていた。すると、礼子は上を向いて、

「そんなことで、どうするの？　きみは元々早漏気味なんだから、我慢することを覚えなくちゃ」

「はい……頑張ります」

礼子はまた下を向いて、肉棹の根元を握りしごきながら、余った部分に唇をかぶせてくる。

手コキと同じリズムで唇を往復されると、また足が突っ張った。出そうだ。しかしこのくらいは我慢しないと、岡田恵美をめろめろにすることはできない。

礼子はその間も、ジュルル、ジュルルと唾音を立てて啜りあげ、顔をS字に振って亀頭部を刺激してくる。

そのとき、礼子の腰が微妙に動いているのが、視野の片隅に入った。よく見ると、左手をスカートのなかに入れて、自分であそこを慰めているのだった。

（そうか……しゃぶっているうちに、自分でもしたくなっちゃったんだな）

我が社の営業ではナンバーワンの売り上げを誇る美人なのに、セックスが大好きなのだ。

（こんなすごい女の人はそうそういない。俺は、最高の女に見込まれたんだ！）

と思ったものの、それもうねりあがる快感にすぐに忘れてしまう。

礼子が顔をあげて言った。

「ねえ、したくなった。リクライニングするから、こっちに移ってきてくれない？」

その瞳が潤みきっているのが、わずかな明かりのなかでもわかった。

二人はシートをほぼまっ平らになるまで倒し、耕太は邪魔なズボンとブリーフを足先から抜き取った。

その間に、礼子もパンティストッキングを脱ぎ、足をあげて白いパンティも足先から抜き取ってしまう。

耕太は車のあちこちにぶつかりながら隣の席に移動し、助手席とダッシュボードの間にしゃがんだ。

すらりとした足を持ちあげると、素足が月明かりに仄白く照らされて、その奥の漆黒《しっこく》の翳《かげ》りが見えた。

耕太が足をひろげると、スカートがずりあがって、翳りが流れ込むあたりがあらわになった。

「ああ、そうよ。舐めて……お願い……」

懇願する礼子の陰部が濡れて光っていた。

耕太はしゃがんで、そこに舌を走らせる。窮屈だが、できないことはない。ぬるっ、ぬるっと舌が沼地をとらえ、

「んっ……んっ……ぁああ、気持ちいい……気持ちいい……ああ、そこ！」

クリトリスをチューッと吸いあげると、礼子が助手席で背中を浮かせた。

ぐぐっとのけぞって、恥肉を擦りつけてくる。

耕太は感激して、夢のなかにいるようだ。

ドラフェラもカーセックスも初めてで、それをしているということ自体が新鮮で、昂奮してしまうのだ。

陰核を舐め、狭間にも舌を走らせる。

その頃には、耕太のイチモツは爆《は》ぜんばかりにいきりたっていた。

「ねえ、ちょうだい。そのギンッとしたものを欲しいわ」

礼子が訴えてくる。

耕太はどうにかして挿入しようと試みる。車内は狭いし、足の位置が難しい。

どうにか挿入した。

なかは熱く滾《たぎ》っていて、ピストンする必要がないくらいに、侵入者を締めつ

けてくる。

(ああ、気持ちいい……とろとろだ)

ほぼフラットになった助手席に仰向けに寝た礼子を、抱くようにして、腰をぐいぐい動かした。

礼子は持ちあげた足を耕太の腰にからめ、頭をかき抱くようにして、

「あんっ、あんっ、あんっ……すごいわ。耕太のおチンチン、硬くて太い……ぁああ、もっと、もっとちょうだい！」

自分から腰をせりあげてく。

耕太ももっとガンガン突きたい。しかし体勢が苦しくて、自由に動けない。

と、それを感じたのか、礼子が指示してきた。

「わたしが上になる。耕太が寝て」

二人は狭いシートの上で苦労して身体を入れ換えて、耕太がリクライニングシートに仰向けに寝た。

礼子が身体を屈めながら、またがり、少し腰を浮かしていきりたちを導き入れた。

ルーフで頭を打たないように前に屈んで、重なりあうようにして、腰をつかう。腰を前後に振りながら、キスをしてきた。

「んんんっ……！」

耕太は下腹部からうねあがる快感のなかで、必死に唇を合わせている。

と、礼子が舌を差し込んできた。

ねっとりとしたやり方で耕太の舌をとらえてからめながら、盛んに腰をくねらせる。

ベッドでされるだけでも昂奮するのに、車内だといっそう気持ちが高まる。もし誰かに見られたらという危機感はあるものの、それが妙な高揚感につながるのだ。

キスを終えて、礼子が言った。

「ねえ、ブラウスのボタンを外して……」

うなずいて、耕太はブラウスのボタンをひとつ、またひとつと外していく。

外し終えると、礼子が言った。

「ブラをたくしあげて、じかに乳首を舐めて」

耕太は言われたように、純白のレース付きブラジャーを上に向かって持ちあげると、充実した乳房が弾かれたようにこぼれでてきた。

(やっぱり、すごい!)

転げでてきた双乳は高慢なほどに先の尖った美乳で、その白い乳肌とせりだした乳首を月明かりが浮かびあがらせている。

礼子が吸って、とばかりにふくらみを寄せてきた。

たまらなかった。

たわわな乳房をつかみ、やわやわと揉みながら、先端にしゃぶりついた。

そこはすでに硬くしこっていたが、舌で転がすうちにますます体積を増して、まるで勃起したペニスのように硬くなる。そこを吸ったり、舐め転がすと、

「ぁああ、いいのよ……気持ちいい……蕩けそう。ぁああ、腰が動くぅ」

礼子は乳首を吸われながら、腰を縦に振った。

餅搗《もちつ》きのようなペタン、ペタンという音が車内に響き、そこに、

「ぁああ、あああぁ……」

糸を引くような喘ぎが混ざってくる。

礼子も高まってきたのだろう、激しく腰を上下に振って叩きつけ、そこで、ぐりん、ぐりんと腰をぶんまわす。

「くっ……くうぅぅ」

一気に快感がうねりあがってきて、耕太は乳首を舐めることもできなくなった。

その代わりとばかりに乳房を揉みしだき、先端を捏ねる。

すると、礼子の様子が一気に変わった。

「ぁああ、イキそう……きみも出して……ああ、ちょうだい……きみの熱いミルクを注ぎ込んで……ぁああ、ぁあああああぅぅ」

上になった礼子がすっきりした眉を八の字に折って、顔をのけぞらせた。

そうしながら、激しく腰を叩きつけてくる。

愛車が微妙に揺れているのがわかる。きっと外から見ても、車が揺れていて、なかで何をしているかわかってしまうだろう。

だが、たとえ目撃されていてもかまわない。

耕太も我慢できなくなってきた。熱い塊《かたまり》が下腹部でふくれあがってきた。

下から突きあげていた。

乳房を揉みしだきながら、つづけて腰を撥ねあけたとき、

「イク、イク、イッちゃう……やぁああぁぁぁぁぁ！」

嬌声《きょうせい》を張りあげて、礼子がしがみつきながら腰を撥ねあげた。ウエーブヘアが張りつく優美な顔が絶頂でゆがむのを見て、もうひと突きしたとき、耕太も至福に押しあげられた。

4

日曜日は快晴だった。

初夏の青空がひろがるなか、耕太は恵美を助手席に乗せて、海岸沿いの道に車を走らせる。

射し込む陽光が恵美のボブヘアに落ちて、なめらかな光沢を放っていた。

オレンジ色のタンクトップが形よくふくらみ、そこをシートベルトが斜めによぎって、胸のたわわさを強調している。白いミニスカートを穿いていて、す

っきりと伸びた足の太腿がかなり際どいところまで見える。

そこにちらちらと視線を走らせながら車を走らせていると、恵美がこちらを向いて訊いてきた。

「話があるそうだけど、話って何？」

いきなり来たか……。だが、ここは先日、礼子と打ち合わせしたとおりに話せばいい。

「……恵美ちゃん、俺がそのソ、ソープランドへ行って、ソープ嬢をめろめろにしたってこと、みんなに言いふらしてるそうだね。会社中にそのウワサがひろがってて、居たたまれなくて……」

礼子の指示どおりに話せて、気持ちが楽になった。

「まずかった？」

「ああ、まずいよ」

「どうして？　むしろ、自慢していいんじゃないの？」

「だけど、俺がソープに行ったことがバレバレで……」

「男の人って誰だってソープくらい行くでしょ？　行かない人のほうが珍しい

よ。ましてや、耕太くんはまだ若くて、精力あり余っているんだから、行ったって普通だよ。それに、プロの女の人が褒めてくれてるんだから」

「……モナちゃんって、きみの同級生なんだって？」

「そうよ。とってもいい子よ。そうだったでしょ？」

「……ああ」

実際に逢ったわけではないからわからないが、ここはそう答えるしかない。

「モナちゃん、きみを褒めてたわよ。テクニックもあるし、体力もすごかったって……本気イキしたのは、ひさしぶりだったって」

「いや、それは……」

俺じゃないんだ――と言いかけて、ぐっとこらえる。

「きっとうちの女子社員も、きみのこと虎視《こし》眈々《たんたん》と狙っていると思うよ。だって、うちの女子は寮に住んでる人が多いじゃない。監視されているようで、男を部屋に引き入れることできないし……悶々《もんもん》としている子、圧倒的に多いと思うよ」

「そうかな？」

「そうよ。わたしだって……」

恵美の右手がすっと伸びて、運転する耕太の股間に当てられた。

(ああ、礼子さんの予想通りだ……！)

礼子の言いつけを守って、しっかりとハンドルを握り、前を向く。

恵美の指は動きつづけて、股間のものをやわやわと撫でたり、つかんだり、擦ったりする。

そうしながら、恵美は前を向いたまま、話しつづける。

「ひとつ訊きたいことがあるんだけど、耕太くんは瑞希ちゃんのこと好きなの？」

「どうして？」

「この前も、食堂で瑞希ちゃんの隣に座ってたでしょ？　彼女、怒って行っちゃったみたいだけど……そのとき、思ったの。きみは彼女のこと好きなんじゃないかって？」

図星だった。だがここで、そうだとは言えない。

「別に」

「ほんと？」

「ああ、そりゃあ、ちょっと好きだったときはあるよ」

ついつい本心を口に出してしまった。その瞬間、股間ものをぎゅっと握られて、睾丸が潰《つぶ》れたかと思った。

「やっぱり、好きなんじゃない！」

「違うって……今はもう何とも思っていないよ。そうでなければ、恵美ちゃんとドライブに来ないよ」

「そうよね……」

信じてくれたのか、恵美がいきなり、耕太に向かって倒れ込んできた。

シートベルトが伸びて、タンクトップの上体が近づいてきた。

恵美はベルトをゆるめ、チノパンの前を開き、ブリーフの開口部から肉茎を巧みに取り出した。

「ちょっと、ダメだよ」

先日、礼子にされたので、ドラフェラがどれほど気持ちいいかわかっている。

あれをこの状態でされたら——。

「どうしてよ？」

「事故っちゃうよ」

「性豪なんでしょ？　このくらい、どうってことないんじゃないの？」

「いや、だけどさ……」

などと会話を交わしているうちに、横断歩道の信号が赤に変わって、耕太はブレーキをかける。

「ふふっ、この状態だったら大丈夫よね」

見あげてにこっとして、恵美が頬張ってきた。

横断歩道を歩いている人に見つかるのではないかと気が気でない。しかし、ずりゅ、ずりゅっと大きく唇でしごかれると、そんなことはどうでもよくなった。

「ああ、くっ……ぁあぅぅ」

うねりあがる快感のなかで、下を見る。

さらさらのボブヘアが上下に激しく揺れていた。

（ああ、気持ち良すぎる……！）

顔をあげて、うっとりと目を細めながらも、理性は働いていて、一応、目の前の信号は気にしている。まだ、赤だ。

「んっ、んっ、んっ……」

今だとばかりに、根元を握りしごかれ、亀頭部を唇でチューチュー吸われると、脳味噌まで蕩けていくような快感がひろがってきて、思わず目を瞑《つむ》ってしまった。

ジュルル、ジュルル──。

恵美が勃起を啜りあげる唾音が、車内に響く。

そのとき、後ろから「ビッー、ビーッ」とクラクションが鳴らされた。ハッとして前を見ると、すでに信号は青に変わっていた。

あわててアクセルペダルを踏んで、急発進する。

それでも、恵美は肉棹に吸いついて、放さない。

若者の運転するクーペタイプの車に真後ろにつかれているのが、ルームミラーでわかった。

「恵美ちゃん、今顔をあげちゃダメだからね。すぐ後ろの車の人にわかっちゃうから」

　声をかけると、恵美は頬張ったままうなずき、それから、いったん肉柱を吐き出して、言った。

「ねえ、ラブホに入りたい。この国道、いっぱいラブホあるみたいだから」

「いいけど……N公園は行かなくていいの？」

「……行かなくていい。ラブホではイキたいけど……」

　ひょっとして今のは笑わせようとしたのか、と思いつつも、答える。

「……わかった」

　このままドラフェラされたら、ほんとうに事故を起こしかねない。

　しばらく海岸沿いの国道を走ると、右側に南国風のラブホテルが見えてきて、

「入るよ」

　耕太は右折の合図をして、慎重にモーテルへと車を駐車させた。

5

そこは東南アジア風の内装のホテルで、部屋には竹で編んだ家具が置いてあり、ベランダまでついている開放的なラブホテルだった。

「よかったじゃない、このホテルで」

恵美が楽しそうに言う。

「あ、ああ……」

曖昧《あいまい》な答えしか返せないのは、ラブホに入ったのはいいが、恵美をセックスで満足させられるか、不安だったからだ。

「浮かない顔をしてるね？　わたしとはいや？」

「いや、それはないよ」

きっぱりと言う。

「じゃあ、まずシャワーを浴びよ。一緒に入ろうよ」

恵美に手を引かれて、広々としたバスルームに向かう。

（積極的だな、恵美ちゃんは……さっき自分も欲求不満が溜まっているって言ってたから、きっとセックスしたくてたまらないんだろうな。でも、この明るさはいいな！）

裸になって、二人はシャワーを浴びる。

貧弱な体を見られるのが恥ずかしい。が、それを忘れるほどに、恵美のむちむちぷりんの裸身は健康美に輝いていた。

水滴を弾くような肌とは、このことを指すのだろう。

シャワーをきめ細かいつるつるの肌が見事なまでに弾いて、水流となって肌を流れ落ちる。

胸は程よい大きさでお椀形《わんがた》に盛りあがり、乳首は透きとおるようなピンクだ。ウエストはあまり締まっているとは言い難いが、ヒップはぷりぷりっとした桃のようで真っ白だ。

恵美がシャワーを耕太の肩から浴びせてきた。

全身にかけてから、液体ソープを手に取って泡立て、それを下腹部に塗り込んできた。

ちゅるり、ちゅるりと肉茎を撫でさすられると、分身がますます硬くなって、そそりたってきた。

「ふふっ……元気ね。車のなかでもすぐに硬くなった……」

にこっとして、恵美は前にしゃがんだ。

泡立てたソープを自らの乳房に塗り込んでいく。それから、いきりたってい
るものを左右の乳房で包み込んできた。

(えええっ……これって、パイズリ?)

パイズリされるのはもちろん初めてだ。

(こんなことまで……!)

びっくりしていると、恵美が顔をあげて言った。

「耕太くん、モナちゃんにこれされて、うっとりしていたんでしょ? だから、
対抗しているの。どう、気持ちいい?」

「……あ、ああ……気持ちいいよ」

一回ウソをつくつと、延々ウソをつけつづけなければいけないのが、つらい。

「モナちゃんよりは下手だと思うけど……」

「そんなことはないよ。恵美ちゃんもとても上手だ。ほんとうだよ」

「ふふっ……ありがとう」

確かに、やり方はぎこちないようにも思える。しかし、一生懸命やってくれ

るので、男としても気持ちが高まる。

たわわで柔らかな肉層がソープですべって、ちゅるちゅると勃起にからみつき、快感がうねりあがってくる。

もしかして、自分は恵美のことを見誤っていたのか？

自分のかわいさを鼻にかけた自己中心の女だと思っていたがそうではないのかもしれない。むしろ、男を悦《よろこ》ばせることに喜びを覚えるタイプのような気がする。

パイズリがどんどん激しくなって、

「ああ、わたしも気持ち良くなってきた。乳首が擦れるの……ぁああ、ぁあああ……ねえ、咥えてもいい？」

乳房で勃起を挟みながら、恵美が耕太を見あげてきた。

（かわいい……！）

ボブヘアが乱れて額が出て、円らな瞳が潤んでいる。

「ああ、もちろん……」

そう答えると、恵美は肉棹を握って、数度しごき、それから、シャワーでソープを洗い落とした。

腹に向かっていきりたつものを握り、上からそっと唇をかぶせてきた。

唾液で濡らすと、亀頭冠の裏を舐めてきた。下からカリを撥ねあげるようにして刺激してくる。

「くっ……あっ……」

あまりの快感に、思わず喘いでいた。

「ふふっ……耕太くん、すごく敏感。童貞くんみたい。でもステキ。これで、性豪なんだから、ますます興味をそそられる」

満面に笑みを浮かべて、恵美は裏筋をツー、ツーッと舐めあげ、亀頭冠の真裏のもっとも敏感な箇所を舌先でちろちろしながら、肉棹を握りしごく。

「くっ……気持ちいいよ、すごく……」

「ああん、うれしい……！」

見あげてにこっとして、恵美は側面にも唇をすべらせ、上から頬張ってきた。

手を離して、一気に根元まで咥え込み、そこで、ぐふっ、ぐふっと噎せた。

もっとできるとばかりに耕太の尻をつかみ寄せて、陰毛に唇が接するまで頬張ってくる。

「ああ、気持ちいいよ。包まれてる感じがいい」

思わず言うと、恵美はゆっくりと顔を振りはじめた。

ふっくらとしたサクランボみたいな唇を、何度も往復させ、ちゅるっと吐き出して、また肉棹を握りしごく。

「気持ちいい？」

耕太を見あげて、きらきらした瞳を向ける。

「ああ、すごく……」

「モナさんよりは下手かもしれないけど……」

「そんなことはないよ。きみはとても上手だ」

「ほんと？」

「ああ……お世辞じゃないよ」

そう答えながら、耕太はスムーズにウソをつける自分に驚いた。多分、気持ちいいことは確かで、すべてがウソではないからだろう。

と、恵美はまた頬張り、今度はチューッと吸ってきた。

頬が凹《へこ》んでいて、いかに強く吸引しているかがわかる。

そして、恵美はバキュームしながら、顔をS字に振って、強い刺激を与えてくる。

「ああ、くっ……ぁあああ」

情けない声をあげていた。

と、恵美は円《つぶ》らな瞳をきらきらさせて、顔を打ち振る。

依然としてバキュームをつづけているので、亀頭部が強い刺激を受けて、耕太は一気に高まった。

「くっ……くっ……出てしまうよ」

訴えると、恵美はちゅるっと吐き出して、

「ベッドに行こうよ」

耕太の手を引いて、バスルームを出る。窓に向かって歩き、

「どうせなら、海を見ながらしたいの。カーテン開けるよ。別に覗《のぞ》かれるわけじゃないから、いいでしょ？」

耕太の返事を待たずして、カーテンを開け放った。

掃《は》きだし式のサッシから初夏の陽光が射し込んできて、昼の強い日差しが眩《まぶ》しかった。

「来て……！」

呼ばれるままに近づいていくと、恵美が抱きついてきた。

耕太の唇を奪うようにキスをし、背中を撫でおろした手が尻に届き、それをぐっと引き寄せる。勃起が腹部をついて、その感触を愉しむように恵美はお腹をぐいぐいと擦りつける。

そうしながら、ディープキスで耕太の口腔を舌でまさぐってくる。

耕太は酔いしれながら、外を見た。

陽光を反射させた海面がダイアモンドのように光って、眩しい。

コバルトグリーンの波が白い波頭を立てて、浜辺に押し寄せは、引いていく。

（最高だ……！）

だが、ひたっている場合ではない。恵美に自分が性豪であることを見せつけたい。失望させたくないのだ。それは、男としての自負だ。

耕太は唇のキスをやめ、徐々に顔をさげていき、乳房にしゃぶりついた。

身を屈めて、お椀形の乳房をモミモミしつつ、先端を舐めた。

やり方は礼子に教わっている。

舌を横揺れさせ、さらに上下に舐める。そうしながら、乳房を揉みしだく。

今度は逆の乳首を吸い、舐め転がしながら、もう一方の乳首を指で捏ねる。

『女の子は両方の乳首を同時にかわいがられたほうが感じる』と、礼子に教わったからだ。

と、その言葉どおりに、恵美の気配が変わった。

「ぁあぁ、気持ちいい……気持ちいいよ……上手だわ。やっぱり、上手……ぁあぁあ、ぁあぁあぅぅぅ」

恵美は背中をサッシに凭《もた》せかけて、顎をせりあげる。

(よしよし、俺だってやればできるじゃないか……！)

形のいい乳房を揉み込み、乳首を吸っていると、恵美はもう我慢できないとばかりに腰をくねくねさせて、

「ぁあぁ、ねえ、欲しい。もう欲しくなった……」

耳元で甘く誘ってきた。

耕太ももう準備はできている。しかし、この場合どうしたらいいのだろう？

恵美は海を見ながらしたいと言っていた。そのためには……そうか！

6

恵美を後ろ向きにさせて、ガラスに手をつかさせて、腰を後ろに引き寄せた。

耕太はその後ろにしゃがむ。

バッククンニだ。これは、AVで見た。

かわいらしい尻たぶをつかんで、ぐいっと開くと、セピア色のアヌスと花肉があらわになり、

「あんっ……いやん」

恵美が愛らしく腰をひねった。

「舐めるよ」

そう言って、耕太は狭間に顔を寄せた。

左右の大陰唇はふっくらとして土手高だが、内側の小陰唇はこぶりで、びら

びらもピンクだ。その狭間に舌を走らせると、

「あっ……あっ……ぁあああん……気持ちいい！」

恵美が心から感じている声をあげた。

（よしよし、これでいいんだ！）

耕太は尻たぶをひろげたまま、狭間に舌を這わせる。そこはどんどん潤んできて、濃いピンクの肉襞がのぞき、いやらしくぬめ光ってきた。

礼子の教えどおりに下のほうで息づいている小さな肉芽を見つけて、チューッと吸ってやった。

「ぁあああ……ダメぇ……ダメ、ダメ……それ弱いの……あっ、あっ、あっ……ぁあああ、へんになるぅ！」

恵美が切なげに腰をよじった。断続的に吸い込んでやると、

「あっ……あっ……あっ……」

恵美はがくがくっと震えて、ついには、

「ねえ、して……入れて。入れてよぉ」

腰を振って、せがんできた。

（たまらないな、女の子が欲しがる姿は……男はみんなこれが見たくて、愛撫するんだろうな）

耕太は立ちあがり、いきりたつもので狙いをつける。ぷりっとした尻たぶの谷間に沿っておろしていき、ぬかるんだ箇所に慎重に打ち込んでいく。

とても小さな膣口を切っ先が押し広げていき、さらに腰を入れるとぬかるみにすべり込んでいき、

「ぁあぁ……！」

恵美がのけぞりながら、ガラスの上の指に力を込めた。

「くうぅ……！」

耕太も唸《うな》って、じっとしている。

すぐに抽送《ちゅうそう》をしたかった。が、締まりがよすぎて、動けない。その間も、とても狭い肉路が波打つように硬直を締めつけてくる。

（ぁあぁ、ダメだ。具合がよすぎる！）

微塵《みじん》も動けない。

だが、射精しそうで何もできないことを悟られたくない。こういうときは

……。

耕太は手を前に伸ばして、乳房をつかんだ。

礼子ほど大きくはないが、それでも、充分なふくらみを揉みしだくと、

「ぁああ、気持ちいい……それいいの……ぁあああうぅ」

恵美がぐいぐいと尻を突きだしてくる。

「くっ……！」

たちまち放ちそうになって、それをこらえ、乳首を捏ねた。

どんどん硬くなってきた突起を指に挟んで転がし、キューッと引っ張りあげる。伸びきったところで、くりくりと転がす。

これも、礼子に教えてもらったやり方だ。

「あっ……あっ……ああん、やっぱり上手……ぁあん、欲しくなる。突いて、突いてよぉ」

恵美はガラスをつかまえて、背中を反らし、もっと欲しいとばかりに尻を突きだしてくる。

（ええい、ここはやるしかない……！）

幸い、膣の強烈な締めつけにも慣れてきている。

耕太は腰をつかみ寄せて、慎重に腰をつかった。強く打ち込むと出してしまいそうなので、ゆっくりとストロークすると、それがかえっていいのか、

「ぁああ、気持ちいい……ゆっくりがいいの……ああ、感じる。耕太くんのおチンチンが擦ってくるぅ」

恵美が言ったので、耕太はますます自信が持てた。

奥歯を食いしばって、スローテンポで屹立を送り込む。

すごく具合がいい。下付きはバックからすると男も女も感じる、とエロ雑誌で呼んだことがある。きっと、恵美は下付きなのだろう。

送り込むたび、窮屈な肉筒がまったりとからみつき、快感のゆるやかな上昇曲線に乗った。

だが、このままでは長くは持たない。どうにかして持たせようと、話しかけた。

「恵美ちゃん、海が見えるだろ?」

恵美は顔をあげ、大きなガラスから外の光景に目をやって、

「きれいな海が見えるわ。こんなの初めて……ずっとこうしたかった」

うっとりとして言う。

「よ、よかったじゃないか……俺も気持ちいいよ。恵美ちゃんのあそこ、すごく締まりがいいし……」

「そう?」

「ああ、事実だよ。あまりも具合がよすぎて、出してしまいそうだよ」

「ああ、うれしい……耕太くんがそう言うなら、間違いないもの」

「ははっ、そういうこと……」

耕太の笑いは引きつっていたが、性感の高まっている恵美にはわからないだろう。

耕太は少しずつ腰振りを大きく、ピッチをあげていく。

気持ち良すぎた。

だが、もう止まらない。したたま腰を叩きつけると、

「あんっ、あんっ、あんっ……すごい、すごい……突き刺さってくる。お腹まで届いてる……ぁあああ、許して……もう、許して!」

そう訴える恵美の手がガラスを引《ひ》っ掻《か》いている。

『許して』がこれほど男のプライドをくすぐるものだったとは——。

「ダメだ。許さないよ」

「ぁあん、強すぎる……耕太くん、激しい……あん、あん、あん、あん……ぁあああ、イキそう。わたし、イッちゃう……」

恵美がうれしいことを口走った。

（そうか、俺だってやればできるのかも……）

ここは我慢だ。射精しそうなのを奥歯を食いしばってこらえて、つづけざまに叩き込んだとき、

「ぁあああ……すごい……すご……イクわ、イク……」

「イッて、いいんだよ」

もちろんこんな言葉を吐いたのも、これが初めてだ。

射精覚悟で激しく打ち据えたとき、

「あん、あん、あんっ……イクぅ……！」

身体の底から絞り出すような声をあげて、恵美がのけぞり返った。

ガラスを小さな手で引っ掻きながら、がく、がくっと痙攣している。

（おおぅ、やったぞ！）

吼えたくなるような歓喜が体を満たした。

礼子もイッてくれたが、あれは、耕太に手ほどきをしながらだから、ちょっと意味が違う。しかし、恵美は掛け値なしに昇りつめたのだ。

耕太は自分のセックスに自信が持てた。

（俺もその気になったら、すごいかも……ただ、今までは経験がなかっただけで……）

自信が持てると、セックスにも余裕ができるらしい。

「このまま、ベッドに行くよ」

ぐったりしている恵美に声をかけ、後ろから繋《つな》がったまま方向転換させて、恵美を後ろから押していく。もちろん、これも初めてだが、意外と上手くできた。

恵美は宙に手をさまよわせながら、ふらふらと歩いていき、ベッドにたどりつく。

そこで、いったん結合を外して、恵美をベッドの端に這わせた。

ぷりっとした尻を向けて、恵美はベッドに這いつくばっている。

かわいらしい尻の孔《あな》は丸見えだが、恵美はもうそれは気にならないようで、尻の狭間をさらしている。薄い若草みたいな恥毛を背景に、肉の唇がひろがって、内部のピンクをのぞかせていた。

耕太は床に立っている。その方が、男は全身を使えるから疲れないし、女はいっそう感じる、とエロ雑誌で読んだことがあった。

ぬめ光る入口に狙いを定め、ふたたび打ち込んでいく。

元気なイチモツが小さなとば口にめり込んでいき、

「ぁあああ、また……！」

恵美が背中を反らせた。

実のところ、もう耕太にも余裕がない。だが、スローテンポならまだ持ちそうだった。

ゆっくりと腰をつかう。

確かに、この姿勢だと足を踏ん張れるし、全身を使えて、深いところにも楽に打ち込むことができる。

大きく、スローで打ち込んでいると、恵美が自分から腰をつかった。ぐいぐいと尻を後ろに突きだしながら、

「ああん、意地悪ぅ……焦《じ》らしてるのね。意地悪なんだから……意地悪……ぁああ、あああ、これ恥ずかしい。恥ずかしい……ぁああ、でも気持ちいい……ハンパなく気持ちいい……！」

恵美は全身を前後に揺らして、自ら腰を叩きつけてくる。そのたびに、肉棹がぐさっ、ぐさっと濡れ溝に突き刺さっていき、

「あん……あんっ……ぁああん……ねえ、動いて、動いて……恵美、またイキそうなの。お願い……」

恵美は切羽詰まった様子で、腰を振る。

耕太は自分から腰を打ち据えていく。ピチャ、ピチャンと乾いた音がして、

「ああん、これ……気持ちいい、気持ちいい……イキそう。また、イキそう！」

「俺もだよ。行くぞ。出すよ」

「ああ、ください……耕太くんのホットミルクをいっぱい浴びせて」

恵美がせがんでくる。

「特濃ミルクをあげるよ。行くよ」

「ああ、早くください……ぁあああ、あんっ、あんっ、あんっ……もう、ダメっ……ダメ、許して！」

「許さないよ」

腰をつかみ寄せ、全身をつかって深いところに届かせる。自制心を解き放ったせいか、急激に射精感が込みあげてきた。熱いものがふくらみ、それがさしせまってきた。

「おおぅ、出すよ！」

「ああ、ください……わたしもイクぅ！」

耕太が激しく叩き込んだとき、

「やぁあああああぁぁぁぁぁ……！」

恵美がシーツを鷲《わし》づかみながら、顔を撥ねあげた。しなやかそうな背中をいっぱいに反らす。

耕太が駄目押しとばかりに屹立を叩き込んだとき、あれがやってきた。

「うおおおっ！」

吼えながら、放っていた。

脳天が痺れるような絶頂感で、のけぞっていた。

恵美はがくん、がくんと躍りあがりながら、膣を締めつけてくる。まるで体液を搾《しぼ》り取ろうとするような膣のうごめきに、耕太は唸りながら、残っていた精液を打ち尽くした。

結合を外すと、恵美は操り人形の糸が切れたようにへなへなっと前に崩れ落ち、腹這いになったままびくびくっと震えている。

（すごい……女の子は本気でイクと、こうなるんだ！）

感動して、そのすぐ隣に横臥《おうが》して、恵美を眺める。視線を感じたのか、

「いやっ……！」

かわいく恥じらって、恵美が抱きついてきた。そして、耳元で囁いた。

「すごかった……ウワサどおりだった」

「そ、そうかな、あはは……」

引きつった笑みをこぼしながら、ホッとしていた。

(しかし、俺も捨てたもんじゃないな……ああ、そうだ。恵美ちゃんの口を封じておかないと)

言いふらされたら、それが瑞希の耳にも届くだろうし、そうなると、耕太は完全に嫌われてしまう。それだけは避けたい。

「ひとつ頼みがあるんだけど……」

「なあに？」

恵美がつぶらな瞳を向けてきた。

(セックスで満たされた女は、こんなステキな表情をするんだな)

耕太は感激しつつ、釘を刺す。

「俺ときみの件、とくに今セックスしたこと、絶対にしゃべらないでほしいんだ」

「いいわよ。元々話すつもりないし……」

「ほんとう？」

「ほんとうよ。だって、この素晴らしい時を人に知らせることで、穢《けが》したくないもの」

かわいいところがあるじゃないか——耕太は恵美を愛らしく感じて、その肩をぎゅっと抱き寄せた。

第三章　重役秘書は女王様

1

「どうだったの？」

翌日、他の者が帰ったあとの夜のオフィスで、礼子が興味津々という様子で訊きながら、足を組んだ。

スリットの入ったタイトスカートからのぞく太腿に気を取られながらも、

「礼子さんの手ほどきのお蔭で、どうにか、バレないで済みました」

「それは、上手くいったってこと？」

「はい……一応、イッていただきました。ド、ドラフェラまでしてきたのには驚いたけど……礼子さんとの経験がなかったら、絶対に事故ってました」

「そう……良かったじゃない。わかったでしょ？　わたしがどれだけ優秀なコーチかってことが」

礼子が胸を張って、足を組み替えた。

「はい！　すべて、礼子さんのお蔭です。ありがとうございました！」

向かいあって座っている耕太は深々と頭をさげた。

「わかればいいのよ……でも、反省点もあるんじゃない？」

礼子がまっすぐにアーモンド形の目を向けてきた。

「はい、もちろん……俺って、まだ全然余裕ないし、すぐに射精しそうなるし、この前はバックからばっかりだったし……」

耕太は頭を掻く。

「経験が浅いからね……今、きみに必要なのは、経験なのよ。たくさんの女と寝ることね」

「……でも、今のところ可能性のある女の人はいません。みんな、興味津々って顔で見てくれるけど、なかなか実践は……」

「わたしとすればいいんだけど、同じ女とばかりしていると、セックスがワンパターンになってしまうから」

礼子が物憂げにウエーブヘアをかきあげた。

(俺は、別に礼子さんとできれば、いいんですけど……)

そう言いたかったが、ぐっとこらえた。

「じつは、いい話があるのよ」

礼子が身を乗りだしてきた。

「な、何でしょうか?」

「秘書課の矢井田亮子《やいたりようこ》さんって知ってるでしょ?」

「もちろん!」

矢井田亮子は秘書課の三十四歳で、そのきりっとした美貌と抜群のスタイル、見事な仕事ぶりは他の秘書の追随を許さない。

耕太には高嶺の花だが、我が社でミスコンをしたら、間違いなくクィーンに輝くだろう。その高値の花がどうしたというのだ?

「彼女とは仲がいいの。それでね……」

礼子が思わせぶりに言葉を切り、前に出て、膝と膝をくっつけてきた。

「亮子がきみに頼みたいことがあるんですって……」

「な、何でしょうか?」

「それは、直接，彼女に聞いて。きみが性豪だって聞いて思いついたみたいだから、きっと悪いことではないと思うのよ」

亮子が右足のパンプスを脱いで、ストッキングに包まれた美脚を前に伸ばしてきた。

爪先で、耕太のズボンの股間をやわやわと揉んでくる。

「あっ、くっ……！」

足の指でされることがこんなに気持ちいいことだとは知らなかった。たちまち硬くなったイチモツを撫でなでされると、快美感が込みあげてきた。

「早いうちにきみに逢って、話を聞いてほしいらしいわよ」

「だけど、俺なんかでいいんですかね？」

「きみだからいいのよ。彼女、いまだにきみが性豪だってウワサを信じてるから。きっと、そっち関係だと思うわよ……彼女の相談に乗ってくれるよね？」

そう訊きながらも、器用に動く足指がズボン越しに勃起をいじってくる。

湧きあがる快感に腰をもじもじさせながらも、意気込んで答えた。

「はい、もちろん……」

「じゃあ、亮子にそう伝えておくから。いいわね？」

「はい……！」

「それにしても、きみはすぐに元気になるわね。もう、カチンカチンよ……ズボンを脱ぎなさい。ブリーフも」

相手を従わせずにはいられない威厳を持って言われると、嬉々として従いたくなってしまう。

ここはパーティションで区切られているし、窓にもカーテンが引かれているから、たとえ人がいたとしても、なかからも外からも見えないはずだ。

耕太は急いでズボンとブリーフを脱ぎ、下半身すっぽんぽんになる。

その間に、礼子もストッキングを脱いだ。

着席した耕太の股間に、素足が伸びてきた。

そして、いきりたっているものを足指で巧みに刺激してくる。

今度はじかなので、受ける感触もダイレクトで快感も大きい。

（知らなかった！　足コキがこんな気持ちいいものだったとは……！）

亮子はぎゅうと鉤形《かぎがた》に曲げた足指で勃起をつかむようにさすり、ついには、もう片方の足も前に伸ばして、両足で包み込むようにして足コキしてくる。

気持ち良すぎた。

「ぁあぁ、くっ……」

「ほらほら、こうすると、もっと気持ち良くなるわよ」

亮子は足裏を互い違いに動かして、両手でさするように、真ん中の肉棹をしごいてくる。

足を少し開いているので、張りつめたタイトスカートからむちむちの太腿が見える。時々パンティも見える。今日は黒だ。

さすがに疲れたのか、亮子は足を引き寄せる。そして、意外なことを言った。

「オナニーしてみて」

「えっ……？」

思わず訊き返していた。

「オナニーよ。自分でシコシコするの……わたしもするから」

自分の耳を疑った。礼子は今、自分でもするって言ったようだが……。

「わたしのオナニー、見たくない？」

「もちろん、見たいです！」

言うと、礼子は黒いレース刺繍付きパンティをおろし、足先から抜き取った。

そして、事務椅子に座ったまま、片足を肘掛けにかける。

(ああ、これは……！)

菱形の漆黒の陰毛が流れ込んだ女の花芯がひろがって、ふっくらと花を咲かせていた。その真紅から蘇芳色《すおういろ》へと微妙に変化をしていく佇《たたず》まいが華麗だった。

礼子が右手の指を舐めて濡らし、切れ目の上方に押しつけた。そこをゆっくりとまわし揉みして、

「あっ……あっ……」

悩ましい声をあげる。

オフィスには二人以外誰もいない。蛍光灯のついたオフィスに、礼子の押し殺した喘ぎが響く。

(ああ、すこい……！)

女性のオナニーを見るのは無論初めてだ。

いきりたつものを握って、ゆったりとしごくだけで、叫びたくなるような快

感がうねりあがってきた。

「いやらしいわ……わたしを見て、目をギラギラさせてしごいて……もっと見たい？」

「はい……」

ごくっと生唾を呑んだ。

礼子は左手の指を陰唇に添えて、V字にひろげた。すると、陰唇も開いて、濃いピンクの内部がぬっと現れた。

「見える？」

「はい……いやらしいです。きれいです……ぁあ、濡れぬれだ」

耕太は濃いピンクのぬめりを凝視しながら、肉棹を擦った。

尿道口からも先走りの粘液が滲んで、ねちゃねちゃと音がして、快感がぐっと高まる。

礼子は指で扉を開いたまま、右手で周囲をなぞりまわした。それから、今度は右手の中指を中心に添えた。次の瞬間、透明なマニキュアのされた中指がぬるっと嵌まり込んでいき、

「あっ……！」

礼子ががくんと顔をのけぞらせた。

「ぁああ、いい……オフィスですると昂奮する。ぁああ、ぁああ、いやらしい音がしてる。聞こえる？」

礼子の中指が躍るたびに、ぐちゅぐちゅと淫靡《いんび》な音がしている。

「はい、聞こえます。いやらしいです」

「きみもするのよ。もっとしごいて！」

「はい……」

耕太は一応、おチンチンの皮は剝けているが、しわしわの包皮を引きあげるようにして亀頭冠にかぶせてしごくと、気が遠くなるような快感が込みあげてきた。

「気持ちいい？」

「はい。もう、出そうです」

「ダメよ。まだ、出しては。きみは早漏気味だから、こらえて、射精を調整できるようにしないと……それが、できるようになったら、ほんとうに性豪になれるわよ」

礼子はねっとりと潤んだ目で、耕太を見る。

「はい、頑張ります！」

「いつも、返事はいいのね……ぁあああ、いやらしい音がする。ぐちょぐちょになってる」

そう言いながらも、礼子は中指でなかを引っかきまわす。

半透明の蜜がすくいだされて、陰部の底から会陰部へと伝い落ちる。

肘掛けにかけられた足の赤いパンプスがぐっと反って、五センチくらいのヒールが見える。

我慢できなくなって、言った。

「したいです」

「えっ……？」

「したいです。礼子さんとしたいです！」

「ダメよ。今日はオナニーの見せっこをするんだから」

「ああ、だけど……ここのまま出すより、礼子さんと」

「いいわ、こうしましょう。耕太くん、口内射精したことないでしょ？」

「はい……」

「したい？」

「したいです」

「じゃあ、ごっくんしてあげる。今日はそれで我慢するのよ」

「はい……！」

礼子の口に発射できるなら、それだけで大満足だった。

礼子が椅子を降りて、耕太の前にしゃがんだ。

「ふふっ、ぬるぬるしてる……これは何かしら？」

滲んだ先走りの粘液を指ですくいとって、礼子は指と指を合わせてネチャネチャさせ、その指先を頬張って舐めた。

「青臭くて、美味しい！」

婉然《えんぜん》と笑みを浮かべて、見あげ、それから、顔を寄せてきた。

先走りで濡れた側面にツーッ、ツーッと舌を走らせ、舌鼓を打った。ぐっと姿勢を低くして、根元から裏筋を舐めあげてくる。

「ぁああ……！」

ぞくぞくっとした戦慄《せんりつ》が走り、分身がびくっと躍りあがった。

「ふふっ、相変わらず敏感ね……」

見あげて薄く笑い、礼子が頬張ってきた。

柔らかな唇をすべらせていき、根元まで咥え、そこで、チューと吸い込んでくる。バキュームフェラで亀頭が喉の奥へ奥へと引き込まれ、それが途轍もなく気持ちいい。

礼子は頬を凹ませて、奥へと吸い込み、ちゅぱっと吐きだした。

また頬張って、今度は根元に五本の指をからませ、ゆったりとしごく。ぐちゅぐちゅと擦りながら、亀頭部にちろちろと舌を走らせた。

「ぁああ、それ……くっ、くっ……！」

うねりあがる快感に、耕太は呻く。

礼子はもう片方の手指で亀頭部を圧迫して、尿道口を開き、尖らせた舌先を突っ込むように刺激してくるのだ。

内臓をじかに舐められているような快感に唸っていると、礼子は顔を少し持ちあげて、唾液を垂らした。

半透明で泡立った唾液が尿道口に垂れ落ち、礼子はそれを塗り込むようにして舌でなすりつけてくる。

「ぁあああ……ダメです。もう、ダメっ……」

耕太は女の子のように訴える。

礼子は見あげて婉然と微笑み、亀頭冠にぐるっと舌を一周させる。それから、亀頭冠の真裏を集中的に攻めてくる。

(き、気持ち良すぎる……!)

硬直がうれしさのあまりびくん、びくんと躍りあがる。

礼子がまた咥え込んできた。

根元を握りしごかれ、それと同じリズムで亀頭冠を頬張られる。

手指で下にしごいたときは、口はその反対で引きあげる。手指で擦りあげたときは、ぎゅっと下まで咥え込んでくる。

肉棹が伸ばされたり、縮められたりして、さっきよりずっと刺激が強い。

「うああっ……出ちゃう! 出そうです!」

「いいのよ、出して……イラマチオで出しなさい」

礼子が言う。聞いたことのない単語だった。

「イ、イラマ……？」

「イラマチオ……強制フェラチオのこと。女の顔を押さえつけて、男が自分から突くのよ。自分で加減できるから、そのほうが出せるでしょ？　立って。立ったほうが動きやすいから」

礼子が冷静に指示をしてくれる。

言われたように、耕太は椅子から立ちあがる。

その前にしゃがんだ礼子が唾液まみれの勃起にしゃぶりついてきた。

自ら顔を傾けて、ゆったりと顔を振る。すると、切っ先が頬の内側を突いて、纖細な頬がリスの頬袋のようにふくれあがって、そのふくらみが動く。

（ああ、すごい……歯磨きフェラだ！）

昂奮しながらも、イラマチオをするのだったなと思い出し、礼子の顔を両手で挟みつけるようにして、自ら腰を動かした。

すると、亀頭部が頬の粘膜をずりずりと擦っていき、その刺激がたまらなかった。

「ぁああ、気持ちいい！」

思わず言うと、礼子は見あげてにっこりする。片方の頬がお多福みたいにふくれあがっていて、美人の礼子からは想像できないようなひどい顔になり、それが耕太を昂奮させた。

礼子が自ら顔の位置を変えたので、今度は反対側の頬をうがつ形になった。またまた、礼子の頬がふくらんで、それが抜き差しのたびに移動し、耕太は自分がどんどんサディスティックになっていくのを感じる。

「うぶっ、うぶっ……」

礼子も苦しそうで、その喘ぐような息づかいがたまらなかった。

熱い塊がどんどんふくれあがってきた。射精前に感じるあの逼迫した感覚だった。

「ぁああ、出そうです！」

訴えると、礼子がまっすぐに咥えてくれた。

そして、唇をぎゅうと締めて、摩擦を大きくしてくれる。膣とは違うが、充分に湿ってなめらかなものを擦りあげていく快感が一気にふくれあがった。

「ぁああ、出そう！」

礼子の顔を挟みつけて動けないようにして、ぐいっ、ぐいっと深いところに打ち込んだ。

「ぐげっ、ぐぐっ……」

礼子はえずきながらも、決していやがらずに頬張りつづけている。

（ああ、最高だ！）

女性を支配しているような、貫き通しているような強い昂奮がひろがってきて、精神的な悦びと身体的な快感が渾然一体《こんぜんいったい》となって襲ってくる。

「ぁああ、出ます、出る！」

吼えながらたてつづけに口の奥へと肉棹を叩き込んだとき、熱い男液がしぶくのがわかった。

「ぁああ……！」

絶叫しながら、放っていた。

ドクッ、ドクッと送り込まれる精液を、礼子は頬張ったまま呑んでくれている。

眉根を寄せて、今にも泣きださんばかりの顔をしながらも、こくっ、こくっと喉が動くのがわかる。

(ああ、口内射精って、こんな気持ちいいものだったのか……!)

射精している肉棹を、礼子がさらにバキュームするので、精液が吸いだされていく感じだ。

至福のときだった。

打ち終えて、耕太が肉茎を引きだすと、礼子は呑みきれていなかった白濁液をさらにごっくんして、口角に付着した白濁液を指でぬぐい、

「美味しかったわ。きみのミルク、濃くて、匂いも強いわ。この男性ホルモンはご馳走ね」

天使のように微笑んで立ちあがり、その唇でキスしてきた。

「うっぷぷっ……!」

栗の花の匂いのするキスを受け止めながら、耕太は礼子と出逢ったことに感謝しつつ、そのしなやかな身体を抱きしめた。

2

翌日の昼休み、耕太が食堂でランチをほぼ終えたとき、この大衆的な食堂では明らかに異質な格好をした、ストレートロングの髪を後ろで束ね、メガネをかけた美女がひとり、ハイヒールの音をこつこつ鳴らして近づいてきて、耕太の前に立った。

矢井田亮子——。三十四歳の重役秘書である。

但馬礼子も美人だが、着ているものの高級感や放つ颯爽《さっそう》としたオーラが違う。この社員食堂では、まさに、鵞鳥《がちょう》のなかに白鳥が舞い降りた感じだ。

みんなもいつもは姿を現さない重役秘書が現れたのを見て、びっくりして様子をうかがっている。

「食事、終わったようね」

亮子が言った。レンズの奥の目が微笑んでいる。

長身ですらりとして、センスのいいお洒落なスーツを着こなし、顔もきりっとしている。メガネをかけているせいか、冷たくて高貴な印象だが、それでいて色気がある。いつもこの人が身につけている颯爽としていながらも匂いたつエロチックな雰囲気には、ただただ魅了されてしまう。

「終わったんでしょ？」

「あ、はい……終わりました」

「じゃあ、一緒に来て。礼子さんから聞いているはずだけど……」

「はい、うかがっています」

「じゃあ、来て」

亮子は、テーブルに乗っていた耕太のトレイを持って、悠然と食器受けとり口に運んでいく。その長めだが、フィットしてヒップの形の浮きでたスーツの後ろ姿に見とれながら、耕太も立ちあがり、

「いや、自分で持っていきます」

トレーを奪い取るようにして、返却口に運んだ。

亮子が無言のまま、前を颯爽と歩いていく。

オーダーメイドだろうスーツのせいもあるだろうが、肩が張って、ウエスト

が見事なまでにくびれ、そこから突きでたヒップのラインが優美で、なおかつ、エロチックだ。

連れていかれたのは、社長室の隣にある秘書室で、狭いが、高級な家具が並んでいる。

亮子は内鍵を閉めて、耕太をロングソファに座らせ、自分も隣に座って、耕太を見た。

「礼子さんに聞いていると思うけど、あなたに頼みたいことがあるの」

そう言って、耕太の太腿に手を置いた。

（えっ……？）

これでは、かつて一度だけ上司に連れていかれたクラブのようではないか？　あのときも隣に座った若い太ったホステスが何気に太腿に手を載せてきた。

しかし、若い太ったホステスと重役秘書で絶世の美女にされるのでは、まったく違う。手の置かれた太腿が熱い。その感触がすぐ近くにある股間に伝わって、力を漲らせようとする。

ズボンの股間をそれとなく隠していると、「じつはね……」と礼子が話しだした。

うちの営業部長をしている生島喬司《いくしまきようじ》には、後妻《ごさい》の祐美子《ゆみこ》がいる。部長が六十五歳で、祐美子が三十八歳。二十七歳もの開きがある。

祐美子は今、欲求不満で悶々としていると言う。

「じつは、生島部長、あそこの調子が悪いみたいなの……」

「あそこって？」

「ここ……」

亮子が透明なマニキュアのされた長い指をズボンの股間に置いた。

「あ、ああ……はい。つまり、勃たないってことですか？」

「そうみたい……わたしはしていないから、わからないけど」

亮子はメガネの奥の目を細めて、股間のものを確かめるようにやわやわと揉み、

「あなたみたいに元気にならないようなの。それでね……」

亮子がメガネの奥のアーモンド形の目を向けて、じっと耕太を見た。

「あなたに助けてほしい、と言うの」

「……俺に、助けてって……？」

まさかなとは思うが……。

「奥様の欲求不満を解消してほしいんですって……以前からその話はうかがっていたけど、わたしは女だからどうしようもないでしょ？　まさか、レズるわけにはいかないしね」

亮子が白い歯をのぞかせる。

「それで悩んでいたときに、あなたが現れたわけ。ソープ嬢をイカせるようなテクニシャンが……」

亮子が悩ましく流し目をくれた。

いや、それは人違いで――と口に出かかった言葉を呑み込んだ。

「おまけに、あなたは新入社員だし、たとえそうなっても、人に言いふらすような立場ではない。だからちょうどいいのよ」

艶めかしい目で言って、股間のものをぎゅっと握った。

「あっ……くっ……」

「この話、受けてくれるわね」

「……ぐ、具体的にはどのようにすれば……？」

「奥様を、祐美子さんを抱いてほしいの。悶々となさっているその肉体を満たしてあげればいいの。大丈夫、奥様もそのへんは承知らしいから。わたしどものほうで、セッティングはするから、あなたは性豪ぶりを発揮してくれればいいの。簡単でしょ？」

「はあ……しかし、俺、そのことで生島部長ににらまれないですかね？」

「バカね、その逆よ。きっと感謝されると思うわよ。今、営業が人出不足だから、ひょっとしたら、あなたも営業に異動になるかも。商品管理より、営業のほうが、あなたには向いているんじゃないかしら？」

「どうして、ですか？」

「わかるのよ、わたしくらいにキャリアを積めば……あなたは人当たりがいい。もっと言えば、女性に受けると思う。ほんわかしてるし、そのくせ、やるときはやりそうだし……奥様方には絶対に受けがいいわ。わかるの」

これだけ確信を持って言われると、そうかもと思う。もともと、自分は営業をやりたかった。それに――。

営業部に移れば、児玉瑞希と顔を合わせる頻度がずっと多くなる。

問題は、自分が三十八歳の熟女を満足させられる、かどうかだ。

「不安そうな顔をしているわね？」

「あ、ああ……はい。自分のような者で部長夫人を満足させられるかどうか、不安で……」

「それは……わたしが試験をするから」

「……試験ですか？」

「そうよ。あなたを推薦するってことは、わたしにも任命責任が生じるから、一応、その前にあなたのセックスがどれほどのものか、テストをしたいの。合格したら、ゴーサインを出すつもり。それでいい？」

さすがに、即座にイエスとは言えなかった。

だが、その間も、クリアカラーにマニキュアされたしなやかな指で、股間を情熱的にさすられると、理性が崩壊して、思考が性的なものに変わってしまう。

イエスと言えば、礼子よりいっそう高いところに咲いた花を抱けるのだ。セックスできるのだ。

(たとえ、不合格でも、この重役秘書とできれば……!)

耕太は覚悟を決めた。

「どう?」

「やります。やらせてください!」

「そう来なくちゃ……今夜、空いてる?」

「はい……」

「じゃあ、七時にGホテルのロビーで。食事は摂《と》ってきて。わかった?」

「はい、了解です」

「では、七時に」

そのとき、亮子のスマホに電話がかかってきた。

「はい……承知いたしました。では、社長とF社の奥寺《おくでら》さまとの会食は、十八時からに変更ということですね。承知したいました。先方にもお伝えしておきます……それでですね……」

社長との電話をつづけながら、亮子はこちらを向いて、行っていいからと手で示す。

（やっぱり、すごいな……俺には雲の上の人である社長と話している）

耕太は感心しながら、そっと部屋を出ていく。

3

午後七時過ぎ、耕太は亮子とともに、Gホテルの一室にいた。

亮子は今、シャワーを浴びている。すでにシャワーを終えた耕太は、バスローブをまとって、亮子が出てくるのを今や遅しと待ちかまえていた。

今日、礼子に相談をした。

事情を話すと、礼子はすでにその舞台裏はわかっていたようで、うんうんとうずくだけだった。そして、こうアドバイスをくれた。

『あなたがいちばんしてはいけないことは、傲慢《ごうまん》な態度よ。亮子さんはそのへんが気になっていると思うの。部長夫人とするんだから、礼儀を欠いた態度はいちばんしてはいけないことなの。あとは、リラックスして臨みなさい。きみは前と較べると、随分と上達しているし、精力も強い。一度出しても、すぐに復活できる。それに、愛撫は上手よ。きっとそれは先天的なものだと思う。きみの才能だから。おどおどしないで堂々としていなさい。それから、わたしがいつも言ってること、わかってるわね？　相手の女性の性感帯や、どうしたら感じるかを見抜くこと。女はひとりひとり違うから』

『わかりました。精一杯やってみます』

『大丈夫だと思うわ。亮子さんもバツイチなのよ。それに、半年前に彼氏と別れてからはひとりだから。そろそろ、したくてたまらない時期だと思う。だから、大丈夫。自分に自信を持って！』

そう、背中を押された。

たぶん励ましが混ざっているとは思うが、それでも、そう言葉をかけられるとリラックスできた。

しかし、今は緊張してきた。

それはそうだろう。女の人に、自分のセックスを試験されるんだから、プレッシャーを感じないわけがない。

「お待たせしました」

心地よいアルトの声がして、振り向くと、亮子がバスルームから出てくるところだった。

白いバスローブを着て、ストレートロングの髪を肩に垂らしている。きれいだった。それ以上に驚いたのは、その美貌だ。

亮子はいつもかけているメガネを外《はず》していた。

すごい美人だった。

メガネをかけているときは、きりりとした冷たい感じの美人だったが、今はそれに穏やかな、優雅さのようなものが混じって、こんな言い方はしてはいけないのだが、とても気さくな感じがして、好感が持てた。

「ふふっ、どうしたの？　わたしがメガネを外しているから？」

「あ、はい……失礼ですけど、俺、今の矢井田さんのほうが数倍好きです。すごく親しみが湧いて、チャーミングです」

「言うわね。一応、褒め言葉として受け取っておくわ……女の人はね、とくにわたしみたいな美人は、言い寄ってくる男を捌《さば》くのが大変なの。こうやってメガネを外していたら、あなたのように感じる男が多くて、どんどん来るの。だから、それをふせぐためにメガネをかけているの。メガネはわたしのボディガードなの。言っていることはわかる？」

「はい……何となく。美人は大変なんだなって……」

「ふふっ、意外と物分かりがいいのね。あなた、頭もよさそうだものね……どうしたら、いい？　わたしが部長夫人だったら、どうする？」

亮子が耕太の肩に手をかけて、顔を覗き込んでくる。

その穏やかだが、値踏みするような表情に、耕太も真剣になって、ない知恵を振り絞った。

「こういうときは、こうします……」

亮子をそっと抱いて、さらさらの髪を撫で、腰にまわした腕でぐいと引き寄せる。

「あん、乱暴ね……部長夫人にもこんなことをするの？」

「わかりません……女の人次第です」

耕太が抱きしめたまま唇を寄せると、亮子がふっと目を閉じた。その仕種《しぐさ》が女らしくて、胸が躍った。

唇を合わせていくと、亮子は拒《こば》まずにされるがままになっている。きっと、耕太のキスの判定をしたいのだろう。

耕太は慎重に唇を合わせ、舌を突きだしたり引っ込めたりして、唇の隙間《すきま》に押しつける。すると、

「ぁああ……」

亮子の喘ぐような吐息とともに、唇が半開きになった。

その隙間から舌を潜り込ませて、ゆっくりと慎重に唇の内側を舐めた。すると、亮子の舌が差し出されてきて、そこに舌をからめていく。

舌先をあやしていると、亮子のほうから舌を差し込んで、耕太の口腔をよく動く舌でなぞりまわす。

キスの判定をするという以上に、亮子は積極的に仕掛けてくる。

(ああ、すごいテクニシャンだし、情熱的だ。これが、亮子さんのほんとうの姿なんだろうな)

とろっとした唾液が混ざり合う。香水の甘いがツンとくるような東洋的な香りが、耕太にこれが自分のテストであることという現状を忘れさせた。

キスを終えると、亮子は両手で耕太の肩につかまりながら、見あげてきた。

「これから、わたしをどうしたいの?」

耕太はちょっと考えて、決めた。

「こうするんです」

姿勢を低くして、右手を太腿あたりに伸ばし、亮子を横にしてぐいっと抱きあげる。お姫様抱っこだ。少しよろけたが、このくらいは許されるだろう。じつは、この方法も、女をその気にさせるにはとても有効よ、と礼子から教わっていた。

想像していたより重いが、このくらいはどうってことない。

「ふふっ……やるじゃないの」

お姫様抱っこされながらも、亮子は余裕を見せる。

耕太はふらつかないように足を一歩，また一歩と慎重に踏みだし、亮子をベッドにそっと寝かせた。

そして、自分はバスローブを脱いで裸になる。

痩せて貧弱な体だが、中年太りのスイカ腹よりはましだろう。

素っ裸になると、下腹部のものが陰毛を突いていきりたっていて、それに視線を落とした亮子が、「あら、すごいじゃないの」と言うような顔を見せた。

その視線が、耕太に自信を持たせる。

これはあくまでも想像だが、亮子のようないい女を物にしてきた男は、きっとそれなりの地位のあるオジサマ方だろう。若い男はたとえイケメンでも、亮子に圧倒されて手が出ないに違いないのだ。

（いつもオジサマ方の柔らかなおチンチンしか見ていないから、きっと、この元気一杯のやつは珍しいに違いない）

そう勝手に解釈して、見せつけるようにベッドにあがった。

お手並み拝見とばかりに見あげている亮子の首すじにキスを浴びせながら、手さぐりでバスローブの紐《ひも》を外す。このほうが、慣れた感じがするのではないかと考えたからだ。

ちょっと手間取ったが、幸い、蝶々結《ちょうちょうむす》びだったので、どうにかして結び目を解き、ゆるめ、バスローブをゆっくりと開いた。

目が眩んだ。

それほどに、亮子の乳房は美しかった。乳肌は青い血管上の直線的な斜面を下側の充実したふくらみが持ちあげて、バツイチだとは思えない乳首は三十四歳で筋が透けでるほどに薄く張りつめ、乳首は三十四歳でバツイチだとは思えないほどのピンクで、しかも、ツンと威張ったようにせりだしている。寝ていてこれなのだから、立ったら、ものすごい美乳だろう。大きさもDカップくらいで、ちょうどいい。

圧倒された。

あまりにも理想的な存在に対しては、どうしても、一歩引いてしまう。

「どうしたの？　女の胸がそんなに珍しい？」

亮子が見あげて、口角を吊《つ》りあげた。

自分の美乳に見とれていることをわかった上での、余裕の言葉だった。

「いえ……ただ、りょ、亮子さんの乳房があまりにもきれいで、大きくて……こんな美乳は初めてです」

「ふふっ……さすがね。女性を喜ばせる術《すべ》をよくご存じだわ。そうやって褒めてソープ嬢をその気にさせたのね」

亮子が目を細めた。

「いや、そんなことは……ただ、素直に感想を言っただけですから」

そう言って、そっと胸のふくらみをつかんだ。

やわやわと加減して、乳房の柔らかさを味わうように揉んだ。亮子は最初、表情を変えなかった。だが、指が乳首に触れた途端に、

「んっ……！」

くぐもった声を洩らした。耕太が焦らし戦法で、乳房を揉みしだきつつも、意識的に乳首を指がかすめる程度に触れていると、

「ぁあうぅ、焦らさないで……」

亮子がか細い声で訴えてくる。

「乳首をしゃぶっていいですか？」

「ええ……いいのよ。ぁああ、早くぅ！」

亮子は胸を突きだしてくる。

（よしよし、作戦成功だ）

耕太は顔を寄せて、硬貨大の乳輪から突きだした薄いピンクの突起にそっと

唇を近づけた。

ゆっくりと、なるべくゆっくりと舌で突起を舐めあげる。それを数回繰り返していると、見る間に乳首が硬くせりだしてきた。腰も静かにくねりはじめている。

(ああ、感じているんだな……)

なおもスローテンポで舌を這わせていると、

「ねえ、ねえ……」

亮子が甘えたような声で言って、せがむように耕太を見あげた。

「どうしましたか?」

とぼけて答える。

「もう、きみって顔に似合わず意地悪なのね。わかってるでしょ? もっと、もっと強く、舐めて……」

「わかりました」

耕太は徐々に力を込めていく。ねろり、ねろりと乳首を上下に舐め、それから、今度はいきなり強く、速く、舌を横揺れさせる。他の男の人はどうかわからないが、耕太は横に撥ねるほうがずっとしやすい。

れろれろっと舌を横揺れさせると、唾液を載せた舌が勃起している乳首を高速で撥ねて、

「ぁあああ……ぁあああ、気持ちいい……それ、いいのよぉ……ぁあああ、ぁあうぅぅ……」

亮子が胸をせりあげて、腰をよじった。

（そうだ、ここで……！）

礼子のコーチを思い出して、もう片方の乳首も捏ねた。

唾液でぬめ光る乳首を舐め転がしながら、反対側をつまんで、くりくりと転がす。

と、亮子の気配が変わった。

「ぁああ、いいの……乳首が弱いの……ぁああ、あうぅぅ、腰が動くぅ」

亮子は日頃の凛々《りり》しい態度がウソのように乱れて、身悶えしながら、下腹部をぐぐっとせりあげる。

白いバスローブが開かれたその真ん中で、細長くととのえられた濃い陰毛が

ぐぐっと突きあがり、落ちる。また、あがってきて、物欲しげに揺れた。

（ああ、これも礼子さんが言っていたな。女は欲しくなると、下腹部があがってくるって……）

礼子の教えがずばずば当たる。これはきっと、礼子と亮子が同じキャリアウーマンとして、似ているところがあるのだと感じた。

（ここで、期待に応えよう）

耕太はもう一方の乳首にしゃぶりつきながら、右手をおろしていく。

柔らかな繊毛《せんもう》の奥に、湿った女の花園が息づいていた。そこに手のひらを押しつけると、

「ぁあああぁ……そこよ、そこ……あなた、よくわかってる。女の身体をよくわかってる……ぁあああ、気持ちいい！　くうぅぅ」

しこっている乳首を舐め転がしながら、濡れ溝を静かにさすると、亮子はのけぞりながら、下腹部をせりあげてくる。

その、もっと触ってと言わんばかりの腰の動きが、耕太を駆りたてた。

乳首を離れ、少しずつ下へ下へと顔を移しながら、よく手入れされたつるつ

るの肌にキスを浴びせつづけた。

きっと、ここも感じるだろうと、脇腹をスーッ、スーッと箒《ほうき》で掃《は》くように指でさすると、案の定、亮子はびくっ、びくっと痙攣する。

縦長のお臍《へそ》から真下に舌を這わせると、柔らかな繊毛が細く伸びていて、その流れ込むあたりに楚々《そそ》とした佇まいを見せる花芯が息づいていた。

クンニしやすいようにと、枕を腰の下に入れて腰枕をし、自分はすらりと伸びた美脚の間にしゃがんだ。

長い足の膝をつかんで、ぐいと持ちあげながら開かせると女の花園が割れて、

「やぁあああ……！」

亮子がこちらがびっくりするような嬌声をあげ、内股になって恥じらった。

4

「すみません。このまま、足を開いておいていただけますか？」

言うと、亮子は自ら両足を手でつかんで開き、

「恥ずかしいのに……ねえ、もっと暗くして」

と、顔をそむけた。やはり、そうだ。亮子はいざセックスとなると、とても恥じらいが強い。その普段の仕事ぶりとのギャップが、耕太をいっそうその気にさせる。

「じゃあ、照明を暗くしますから、その間、その格好でいてくださいよ」

そう言って、ベッドの枕元にあった調節ボタンを使って照明を暗くする。シーリングは絞ったが、フットライトと枕元のスタンドの明かりを点《つ》けた。こうすると、女体に陰影がついて、いっそうセクシーに映る。

操作の間も、顔をそむけて、膝を持ちあげている亮子の姿が、そそった。

(うちのナンバーワン秘書が、こんな恥ずかしい格好を……セックスってすごいんだな。女の人が日常では絶対に見られない面を見せてくれる)

感激をあらたにして、足の間にしゃがんだ。

こうしている間にも昂奮したのか、亮子の雌芯は明らかにさっきより潤い、フットライトを浴びて、いやらしくぬめ光っている。

縦に長い陰唇はまるで蘭の花が咲いているようで、肉びらはうっすらと開き、

その濡れ溝に沿って舌を走らせると、

「あうぅぅ……！」

亮子が手の甲を口に添えて、喘ぎを封じようとする。

しかし、狭間に沿って舌を何度も往復させると、ねっとりと濡れた粘膜が舌にからみついてきて、

「んんんっ……んんんっ……ぁあああ、感じる」

亮子が手の甲を口に添えたまま、のけぞった。

舐めているうちに、おびただしい蜜があふれ、うっすらとひろがっていた肉びらがさらに開いて、内部の赤い粘膜が姿を現す。そこは、複雑に入り組みながらもねっとりと濡れて、底のほうからあらたな粘液が泉のように滲みでてくる。

腰枕で腰が持ちあがっているから、舐めやすい。

下方はおびただしい粘液が溜まっている箇所があって、そこに舌をべっとりとつけて、舐めあげると、

「ぁあ……あああ、そこ、いや」

亮子が身をよじる。

膣口はやはりじかに舐められると、恥ずかしいのだろう。

(ええい、もっとだ！)

美人が恥ずかしがることを、もっとしたくなる。

ぶちゅっと膣口に吸いつき、舌先を細くしてぐちゅぐちゅと出入りさせると、表面よりずっと濃い風味があって、

「ぁあああ……あああ……もどかしい」

亮子がもっと奥に欲しいとばかりに、口を擦りつけてくる。

ぬるぬるして柔らかな粘膜の感触がとても卑猥《ひわい》だった。枕に乗った腰がぐいぐいとせりあがってくる。

口許を淫蜜で濡らして、耕太はそこを舌でまさぐり、そのまま狭間を舐めあげていく。

舌が上方の突起に触れると、

「あんっ……！」

亮子はびくっと腰を震わせる。

やはり、クリトリスが敏感らしい。

自由な手指で包皮を上から引っ張るようにめくりあげると、おかめ顔の本体があらわになり、その紅玉のように光っている部分に慎重に舌を走らせる。

唾液で湿らせておいて、舌を上下左右に振り、突起を刺激する。いろいろと試しながら、亮子の反応をうかがう。どうやら、周囲を舐めまわして、本体を吸うと、もっとも感じるようだ。

ポリープのような肉真珠を丸くなぞり、根元ごとチューッと吸うと、

「ああ、それ……いやぁあああぁぁぁぁ、あっ、あっ……」

感じすぎるのか、亮子はがくっ、がくっと震える。

吐きだして、今度は指をつかう。

明らかに大きくなった肉芽の根元をつまんで、くにくにと転がした。そうしながら、せりだしてきた本体に舌を走らせると、

「ぁああ、ああ……もう、もう……して。あなたが欲しい！」

亮子が顔を持ちあげ、すっきりした眉を八の字に折って、哀願してくる。

イチモツもすでに臨戦態勢をととのえていた。

耕太は顔をあげて、いきりたつもので狙いをつけた。

亮子は今も自ら両膝を持って開いているので、女の雌花が満開状態で咲き誇っている。

耕太は意気揚々として、勃起を膣口に押し当て、慎重に腰を進めていく。切っ先がとても窮屈なとば口を押し広げながら、めり込んでいき、

「くっ……！」

亮子が顔をのけぞらせた。美しい端整な顔がゆがむさまを見ながら、さらに押し込むと、切っ先が細い道にすべり込んでいって、

「ぁあああ……硬い！」

亮子は顔をしかめながらも、膝をつかんで開きつづけている。

そのまったりとして、柔らかくからみついてくる肉襞を味わいながら、ゆっくりと腰を動かした。

上体を立てたまま、細腰を両手でつかみ寄せて、えぐり込んでいく。

「んっ……んっ……」

と喉を詰まらせていた亮子が、さらに打ち込みをつづけていくと、

「あっ……あっ……」

と変わってきた。

ストレートロングの長い髪をシーツに扇状に散らし、ととのった優美な顔を快楽にゆがませるその様子が、耕太の胸を打つ。

（ああ、すごい！　俺は今、高嶺の花を摘《つ》んでいるんだ！）

夢のようだ。

これも、郷原が偽名を使ったのがすべての発端だ。今となっては、郷原に感謝したくなる。

あれがなければ、耕太はいまだに女日照りの、寂しい生活を送っていただろう。

腰をつかみ寄せて、ズンッ、ズンッと腰を叩きつける。腰枕で膣の位置があがっていて、スムーズに勃起が体内に潜り込んでいく。

自然に打ち込みも深くなり、それがいいのか、亮子は手を膝から外して、シーツを鷲づかみにしている。

「あっ……あっ……」

顎をせりあげて喘ぎ、耕太の品定めという最初の目的も忘れてしまったようで、自らの快感を貪ろうとしている。

そこで、ふと思い出して、耕太は浅瀬をストロークしてみる。

自分で膝裏をつかんで開かせながら、短いストロークですこすこと浅いところを往復させる。

「ぁああ、焦らさないで……」

亮子が顔を持ちあげて、潤みきった瞳を向ける。

「やはり、奥を突かれるほうがいいですか？」

「ええ……奥がいいの。奥にぶち当ててほしい……」

「こうですか？」

耕太はまた深いストロークを送り込む。ズンッ、ズンッと切っ先が子宮口を打ち、

「あんっ……あんっ……あんっ！」

ぶち当てるたびに、亮子は哀切な声を放って、シーツを鷲づかみにする。

耕太も一気に昂《たかま》った。

奥のほうをうがつと、子宮口の扁桃腺《へんとうせん》みたいなふくらみがからみついてきて、とても気持ちいいのだ。

耕太はすらりとした足を肩にかけて、ぐっと前に屈んだ。

するとさらに奥のほうに切っ先が届き、

「ぁあ、これっ……くっ！」

亮子が顎を突きあげて、のけぞりながら、シーツを鷲づかみにした。

そのエロチックすぎる姿に悩殺されつつも、耕太は前に体重をかけ、切っ先で奥のほうをぐりぐりと捏ねた。

「ぁあ、いいの、これ、いいの……ぁあああぁぁぁうぅぅ」

喉がのぞくほどに口をいっぱいに開けて、亮子がのけぞり返った。

きっと、これがいちばん気持ちいいのだろう。耕太も同じで、奥まで届かせてぐりぐりと捏ねると、甘い陶酔感が急激にひろがってくる。

（ダメだ。出てしまう！）

この段階の射精は、いくら何でも早すぎる。

ぐっとこらえて、覆いかぶさっていく。

唇を奪うと、亮子も自分から唇を押しつけ、舌をつかう。ねろりねろりと舌をからませあう。

キスに集中して、舌でまさぐったり、まさぐられたりしているうちに、何だか二人がひとつに溶け合うような感じになった。

（ああ、これが……！）

セックスの悦びがだんだんわかってきた。ただたんに自分の欲望をぶつければいいというものではないのだ。

キスをしながら、腰を動かすと、亮子は「んっ……んっ……」と突かれるたびにくぐもった声を洩らす。

幸い、射精感はおさまっている。

たっぷりとキスを味わってから、今度は乳房を揉む。

形よく盛りあがった乳房を揉みしだくと、透《す》きとおるような色をしていた乳肌が徐々に赤く染まってきて、淡いピンクの乳首を捏ねながら突くと、

「あ、あんっ……ぁああ、いいの、それ、いい……上手いわよ、あなた、やっぱり上手……舐めて、乳首を。舐めながら、突いて」

亮子がせがんでくる。

そういうことならと、耕太は背中を丸くして、乳首に舌を走らせながら、腰

を躍らせる。

舌を乳首に押しつけておいて、腰をズンッと入れるその動きを利用して、乳首を舐める。

それを繰り返していると、亮子の気配がさしせまってきた。

「ぁあああ！　ぁあああ……！」

と、喘ぎを長く伸ばして、顔をのけぞらせる。

「ぁああ、イキそうよ。もうイキそう……」

「いいですよ。俺も……」

と言いつつも、ほんとはもう少し我慢して、タフであることを見せつけたかった。しかし、亮子の膣は気持ち良すぎた。

イカせようとして深く突くたびに、奥のぐにぐにしたものが亀頭部にまとわりついてきて、ぐんと性感が高まる。

だが、亮子が昇りつめるまでは絶対に出したくない。奥歯を噛みしめて、怒濤《どとう》のごとく、突きまくった。

「あんっ、あんっ……ぁあああ、イキそう……イク、イク、イッちゃう！」

「いいですよ。そうら」

今だとばかりに腰を叩きつけたとき、

「イクぅ……やぁあああああああぁぁぁぁ！」

亮子は部屋に響きわたるような嬌声をあげて、のけぞり返った。

もうひと突きしたとき、耕太も放っていた。

ドクドクッと熱い男液が噴き出して、美貌の秘書の体内に噴きかかる。

(気持ち良すぎる……！)

のけぞって、欲望の溶液を解き放った。

亮子は完全に気を遣ったようで、がくん、がくんと躍りあがっていたが、やがて、静かになった。ぐったりとして、微塵も動かない。

満足感にひたって、結合を外し、すぐ隣にごろんと横になった。

射精の昂奮が去ると、

(俺、大丈夫だったか？　合格点取れたのか？)

不安に襲われた。そのとき、亮子がむっくりと身体を起こして、隣の耕太を上から見るように四つん這いになり、

「まだ、できそう？」

婉然と言った。黒髪がまっすぐに下に垂れて、黒曜石みたいな瞳はまだ潤んでいる。

「はい。まだ、できると思います」

「そう？　あなたのタフネスさを調べたいの……ふふっ、ほんとうは、わたしがしたいんだけどね……」

そうチャーミングに微笑んで、亮子は胸板からキスをおろしていく。モジャモジャの陰毛にも接吻を浴びせ、半勃起状態のイチモツをつかんで、ぶんぶん振った。

まだ柔らかな肉棹がしなって、下腹部をぺちぺちと打ち、それが力を漲らせるのがわかった。

「ふふっ、すぐ硬くなってきた。若いのね。それに、タフだわ」

耕太を見あげて言い、肉棹を舐めてきた。

自分の淫蜜で汚れているのを厭うことなく、丹念に舐め清めてくれる。

（あの矢井田亮子が、フェラチオしてくれている。しかも、一度して汚れているものを……！）

気持ちが昂った。

すると、さっき出したばかりだと言うのに、分身がまた完全勃起した。

（すごいぞ、俺……！）

次の瞬間、亮子がいきりたったものに、唇をかぶせてきた。

端整な唇を肉柱の表面にからめて、ゆっくりと顔を打ち振る。

「ああ、気持ちいい……！」

思わず言うと、亮子はちらりと見あげて、謎めいた目を向け、また下を向いて唇をすべらせる。

ぷにっとした唇の圧迫感が絶妙だった。

垂れ落ちたストレートロングの毛先が、さわさわと股間をくすぐってきて、それがくすぐったくも快感でもある。

亮子が静かに顔を打ち振りながら、見あげてきた。

その自分の愛撫がもたらす効果を推し量っているようなアーモンド形の目が、魅惑的だった。

ストロークが徐々に速くなり、根元から亀頭部まで柔らかな唇でしごきあげられ、先端を頬張ってチュッーと吸われると、気持ちが昂って、またあそこに入りたくなった。

そんな気持ちを察したのか、亮子は顔をあげて、またがってきた。

片膝を突いて、いきりたちを導き、招き入れながら片膝をおろした。

屹立がよく練れたとろとろの肉路に吸い込まれていき、

「ぁあああ、気持ちいい……あなたのここ、気持ちいい……」

のけぞりながら亮子はそう言い、もう我慢できないとでも言うように、腰を振りはじめた。

身体を垂直に立てて、きゅっとくびれた腰を前後に打ち振り、

「ぁああ、奥を捏ねてくる……つっ、ぁあああぅ」

乱れたロングヘアからのぞいた眉根を寄せて、顎をせりあげる。

(何てセクシーな顔だ!)

それが日頃は絶対に見せない表情であるだけに、耕太も昂奮する。

亮子は両膝を立てて、すらりとした足を開き、前屈みになって両手を胸板に

突き、ゆったりと腰を上下に振った。

すごい光景だった。

自分の蜜まみれの肉の塔が翳りの底に吸い込まれ、出てくる。

その上下動が徐々に速くなり、激しくなって、

「あんっ……あんっ……あんっ……」

亮子は髪を振り乱しながら、前屈みになって腰を振りあげ、落としきったところで腰をまわす。

分身を揉み抜かれて、快感がぐっと高まった。

さっき出していなかったら、きっと搾り取られていただろう。だが、耕太にはその分、まだ余裕がある。

亮子のM字に開いた太腿を下から支えながら、耕太も突きあげてやる。

すると、またがった亮子の雌芯に勃起がぐさっ、ぐさっと突き刺さっていき、

「あん、あんっ……ぁああ、すごい。あなた、すごいわ……」

亮子が今にも泣き出さんばかりの顔で言う。

「俺、合格ですか？」

訊くと、

「合格よ。余裕を持っての合格……」

「あ、ありがとうございます」

「イカせて、わたしをイカせてちょうだい！」

亮子が訴えてくる。

耕太は膝を立てて動きやすくし、腰を叩きつけた。ぐいぐいと撥ねあげると、怒張《どちょう》が深々と女の芯をうがち、貫いて、

「あん、あん……ぁあああ、ぁあああああ、すごい……イクわ。またイク……イカせて……！」

「イッてください！」

耕太がたてつづけに突きあげたとき、

「イク、またイッちゃう……うぐっ！」

亮子はがくがくと震え、それから、精根尽き果てたようにどっと前に突っ伏してきた。

第四章　部長夫人との驚愕セックス

1

その夜、耕太は生島部長と妻の祐美子とホテルの料亭で食事を摂っていた。ホテル自体このへんでは最高級のホテルで、三人が和食の会席料理を食べているところも個室になっていた。

自分には相応《ふさわ》しくない高級料亭で、しかも、次期重役確実と言われる生島部長と奥様が一緒なのだから、緊張しないほうがおかしい。

しかも、祐美子はおそらく友禅《ゆうぜん》だろう、ベージュに草花の裾模様の和服を着て、長い髪を結っていて、その高貴でいながら優雅な様子にドキドキしてしまうのだ。

「どうだ、うちのきれいだろう?」

生島が満面に笑みを浮かべた。貫禄のある体で、体重は百キロ近くあるのではないか？　顔も将棋の駒のように顎のエラが張って、顔色もつやつやしている。

にこにことして温厚そうだが、うちの営業の司令塔で、時としてみんなが驚くような奇策を実行する。

「はい……とてもおきれいです」

「そうだろ？　きみ、さっきから祐美子のことをちらちらと盗み見しているものな。ガハハッ……」

生島が口を大きく開けて笑った。

「す、すみません」

「いいんだ、それで……きみも憧れるような女を相手にしたほうが、やる気になるだろう。その点、祐美子は満点だからな」

生島がちらりと隣の祐美子を見た。

祐美子は恥じ入るように顔を伏せる。

色白の顔がボーッと桜色に染まっているのは、日本酒のせいだろうか？

とにかく色っぽい。

前妻と別れた生島が、クラブのママをしていた祐美子を見そめて、後妻にしたらしい。祐美子の優雅なたたずまいを見ていると、それも納得できた。

「あまり大きな声では言えないんだが……こんな美人を前にしても、こいつがままならないんだ」

生島が自分のズボンの股間に視線を落とした。

「それで……こいつの欲求不満が溜まってしまってね。なあ、祐美子？」

祐美子が真っ赤になって、深くうつむいた。

だが、腰がもじもじと動いているから、多分、そうなのだろう。

「それで、きみに白羽の矢を立てたというわけだ。きみのウワサは聞いているぞ。ソープ嬢を何度も天国にイカせて、最後は『もう許して』と言わせたそうじゃないか、うん？」

生島が酔って赤くなった顔をにやつかせた。

（そうか……ついに、そこまで尾ひれがついてしまったか？　ウワサは一人歩きして、どんどんエスカレートしていくと聞いていたけど、実際そうなんだな）

痛《いた》し痒《かゆ》しの思いで、耕太はそれを敢えて否定せずに、

「いやぁ……」

と、頭を掻く。

「祐美子がよがり狂うところを見たいんだよ。わかるか、この気持ち？」

「いや、ちょっとまだ俺には……」

「まあ、そうだろうな。あれが元気なうちはそういう発想は出てこない。俺も会社の重責を負っているから、ストレスが多くてな。その上、太ってしまったから……覚えておけよ。内蔵脂肪は男性ホルモン、つまり、テストステロンを減少させてしまうんだ」

「ああ、はい……肝に銘じておきます」

「気づいているか？」

生島が祐美子を見た。

「えっ、わかりませんが……」

「さっきから、腰をもじもじさせているだろう？」

「ああ、それは何となくわかっていました」

「これだよ」

生島が楕円形のピンク色のものをポケットから取り出して、座卓に置いた。

何やら、スイッチのようなものがついている。

「リモコンだよ……じつは、祐美子のあそこには大きめのローターがおさまっておる。よく耳を澄ましてみなさい。聞こえるだろう？」

生島がリモコンのスイッチをまわした。すると、振動が強くなったのか、ビーッ、ビーッというかすかな音が確かに聞こえた。

（この音は……祐美子さんのあそこからしているのか？）

おずおずと正面に座っている祐美子を見ると、

「くっ……いけません。許して……ここじゃ……ダメ、強すぎる……許して。許してください……ぁああうぅぅ」

座卓を背にした祐美子が、正座している足の付け根あたりをぎゅうと手で押して、いやいやをするように顔を振った。

「じつは、会食がはじまる直前に挿入してね。もう、一時間あまりもローターが祐美子のなかで振動していたというわけだ。見てみるか？」

「あ、いえ……」

「正直になりなさい。見たいだろ？」

「はい……」

「こっちに来なさい」

呼ばれて、座卓をまわって近づいていく。

「そこで見ているんだ。ご開帳してやるから」

生島は座椅子を外し、祐美子を背後から抱えるようにして、膝に手をかけた。

「何を恥ずかしがっているんだ？　従業員は呼ばなければ来ない。それに、お前はこれから、この男に抱かれるんだからな。その前にあそこを見てもらいなさい」

祐美子がいやいやをするように首を左右に振った。

生島が耳打ちし、祐美子がハッと目を見開いた。

何を囁いたのだろう。

「できるな？」

うなずいて、祐美子は自ら友禅の前身頃《まえみごろ》を一枚、また一枚とはだけていく。

真っ赤な襦袢《じゅばん》が現れ、その燃えるような赤と穿いている足袋の白さが鮮烈だった。生島が後ろから膝をつかんで開いていく。

白いふくら脛《はぎ》がのぞき、むっちりとした左右の太腿があらわになり、それがぐいっと横に開かれた。

（ああ、これは……！　すごすぎる！）

色白の太腿が鈍角にひろがって、その中心には黒々とした翳りとともに女の割れ目が口を閉じていた。

だが、肉びらが合わさる部分の下のほうから、黒いコードが垂れていて、しかも、その周囲には淫蜜があふれて、下のほうへと透明な蜜がしたたっている。

閉じ込められていた振動音が明らかに大きくなって、「ビーッ、ビーッ、ビビッ……」という振動音が聞こえてくる。

そして、祐美子は、

「ああ、恥ずかしいわ……見ないで……見ないでください」

と、半端なくひろげられた足を、ぎゅうと内側によじる。

「ふふっ、意外としぶといな。これで、どうだ？」

生島がリモコンを操作すると、振動の仕方が変わったのか、ビーッ、ビーッ、ビーッ、ビビ、ビビッ、ビビッ――。

と、リズミカルな音を刻み、

「ぁあああ……これ！　許して。許してください……ぁあああ、ああうぅぅ」

祐美子は背後の夫に背中を凭せかけて、下腹部をぐっ、ぐっとせりあげる。

「ふふっ、どうした、祐美子？　欲しくなったか？　あそこに本物を入れてほしくなったな？」

「ああ、違います……」

「ウソをつくな。欲しいんだろ？」

「はい……あなたの、あなたのあれが欲しい！」

祐美子が哀切な顔で、生島の腕につかまる。

「俺もそうしてやりたい。しかし、できないものは仕方ないだろ？　山田くんのもので我慢しなさい。こう見えて、すごい性豪らしいぞ。お前もカチカチのやつで貫《つらぬ》いてほしいだろ、違うか？　二人がしているところを見て、俺も勃起するかもしれん。そうなったら、お前を貫いてやる。だから、あいつので我慢しろ……できるな？」

「はい……」

祐美子がうなずいた。

『あいつので我慢しろ』と言われて、少しプライドが傷ついた。だが、部長の言うとおりだ。耕太はあくまでも助っ人なのだ。

祐美子にとっては今日初めて逢ったばかりの、冴えない社員にしかすぎないのだから。

（ガンガン突いて、祐美子さんを感じさせてやる！）

めらめらと闘争心が湧いてきた。

しかし、生島部長は考えていた以上に変わっている。だか、それを受け入れるしかない。これは、部長の要請なのだから、どんなヘンタイ的なことでもやるしかないのだ。

生島が半襟から右手を差し込んだ。

着物が動いているから、きっと乳房をモミモミしているのだろう。

「ぁああ、あなた……」

「そうら、お前は乳首が敏感だからな……そうら」

きっと、着物のなかで指で乳首を捏ねているのだろう、

「ぁあああ、いい……でも、恥ずかしいわ。恥ずかしい……」

「見せてやれ。お前が感じるところを」

耳元で囁き、上から唇を奪った。

祐美子も上を向いてキスをしながら、乳房を揉みしだかれて感じるのだろう。

「んんっ……んんんんっ……」

くぐもった声を洩らしながら、腰をくねくねさせる。

内股になって、太腿を擦りあわせるその姿がたまらなくエロチックだった。

お預けを食らう形で、耕太が股間のいきりたったものに触れていると、生島が言った。

「きみ、そのカチカチのものを、祐美子に咥えさせてやれ」

「えっ……？　いいんですか？」

「いいんだ。これから、部屋できみがうちのとするんだが、その間も、俺はず

っと見ているからな。心配せんでいい。俺は俺で、しこしこするから。もし勃ってきたらだけどな……」

生島が自嘲的に笑った。

(そうか、そういうことなのか……緊張するな)

しかし、これはもうほとんど業務命令だから実行するしかない。

耕太は立ちあがって、ズボンとブリーフを膝までおろし、祐美子に近づいていく。

「ほう、なかなかのものじゃないか？　元気なのがいい。俺もその若さを取り戻したいよ。いいぞ、咥えさせろ」

うなずいて、耕太はいきりたつものを祐美子の口許に押しつけた。

すると、祐美子はおずおずと口を開いて、頬張ってくる。

後ろから抱えられているから、自分でも動きにくいようだった。

「イラマチオせんか！」

生島に叱咤《しった》された。危ないところだった。この前、礼子に教えてもらわなければ、イラマチオの意味さえわからなかった。

きれいに結われた髪形を崩すのはしのびなく、そっと包むようにして固定し、ゆるゆると屹立をストロークさせていく。

「んっ……んっ……」

苦しそうに眉根を寄せながらも、祐美子は決して嫌がっていないようで、一生懸命に唇をからませてくる。

（きっと、こういう性格なんだな。いや、部長に仕込まれたのに違いない）

あまり激しくするのはためらわれて、静かに腰を振って、屹立を口腔に押し込んでいく。

えずかないように加減して、唇の間をスライドさせる。

唾液があふれて、肉柱に付着し、口角にも唾液が溜まっている。

それを後ろから見ながら、生島は片手で乳房を揉みしだき、もう片方の手を前にまわし込んで、祐美子の股間を触っている。

ローターは埋めこまれてあるが、膣以外のところなら、充分に愛撫できるのだろう。

きっとクリトリスを捏ねているのだろう。

祐美子の様子がさしせまってきた。

「んんっ……んんんっ……」

懸命に肉棹を頬張りながらも、乳房とクリトリスを同時に愛撫されて、身体が高まってきたのだろう。

生島が荒々しく乳房を揉み、陰核をタッチするその指も速さを増した。

「んんんん……んんんっ……」

祐美子は腰をくねくねさせて、自分からも唇をスライドさせる。

「イクんだな。気を遣るんだな、そうだな、祐美子？」

生島に後ろから訊かれて、祐美子は頬張ったまままうなずく。

「よし、イカせてやる。きみ、もっと奥まで突っ込んでやれ。祐美子はそのほうが感じるから……マゾだからな」

生島がふっと口許をゆるめた。

（そうなんだ……マゾなんた。じゃあ、もっと……）

耕太はぐんっと深いところに勃起を突き入れる。

亀頭部が喉のあたりを突いているのがわかる。

そして、祐美子は「ぐごっ」とえずきながらも、決して勃起を吐き出そうとはしない。

「そろそろ気を遣るぞ。耕太くん、もっと、もっと奥に！」

「はい……！」

耕太がぐいと喉奥へと送り込んだとき、

「うがっ……！」

祐美子はそれを咥え込んだままのけぞり、びくびくっと震えながら、吐き出して、どっと横に倒れた。

着物と緋襦袢が乱れ、真っ白な太腿があらわになっていた。

2

高級和食屋を出て、三人はエレベーターで部屋にあがった。

その間も、いまだ祐美子の膣にはローターがおさまっている。さっきまでとは違うのは、そのリモコンを耕太が握っていることだ。

エレベーターには幸い三人しかいない。

手のひらにおさまる小さなリモコンの円形スイッチをぎゅうと右にまわすと、振動が強になって、

「んっ……あっ……あああ、許して……」

祐美子が友禅に包まれた腰をもじかつせる。

そんな妻を、生島部長はにやにやして眺め、抱きしめて唇を奪う。

生島のタラコ唇がすっきりした唇を覆うようにして、祐美子は唇を吸われながらも、もどかしそうに腰をくねらせている。

最初の話では、インポテンツの部長の替わりに、その妻、祐美子を抱くということだった。だが、どうもそんなシンプルなことではないような気もする。

しかし、祐美子がお淑《しと》やかな、絵に描いたような和風美人なので、何をしても様になるから、どんな形であれ、祐美子を抱ければそれで本望だ。

エレベーターを八階で降り、部屋に向かう。

ふらつく祐美子を、生島はがっちり抱えている。

８０３号室の前で立ち止まり、カードキーで開けて、三人は部屋に入る。

そこは、耕太が礼子と最初に訪れた部屋とはまた違ったひろい部屋で、寝室とリビングが別れていて、小さなカウンターバーまでついている。

(これが、スイートルームか？　さすがだ。普通の部屋とは全然違う！)

きっと唖然としていたのだろう。

「スイートは初めてだよな？」

生島に訊かれて、

「はい、初めてです。ひろくて、部屋も二つあって……すごいです」

「そうか？　まあ、きみもそのうちにスイートに泊まれるようになるさ。出世すればだがな……出世したいか？」

「ああ、はい……！　もちろん、出世したいです」

「ほお、珍しいな。今どきの若者にしては……気に入ったよ。そのためにも、祐美子をきっちり感じさせるんだぞ……俺はシャワーを浴びてくるから、その間、祐美子の相手をしていてやってくれ。何をしてもいいからな？」

くくっと押し殺した笑いをこぼして、生島はバスルームに向かった。

ふらふらしてつらそうだったので、祐美子を三人用のソファに座らせ、自分も隣に腰かける。

何をしてもいいと言われても、困るが、二人の関係をもっと知りたくなって訊いた。

「あの……お二人の馴《な》れ初《そ》めは？」

「触らなくていいの？」

「あ、ああ……はい」

「……五年前だったわ。主人がわたしのクラブに来て……博多で店を任されていたのよ。主人はわたしを気に入ってくれたようで、遠いところを通いつめてくれて……主人、数年前に離婚していたから、お寂しかったんじゃないかしら？　それで……主人の押しに負けた感じね」

そう経緯を話す祐美子は、さすがにクラブのママ経験者だけあって、言葉づかいも態度もやさしく、品がある。

「……でも、最近はあれなんですか？　部長のあれが勃たないんですか？」

一気に切り込んだ。

「……そう。去年あたりから……お薬を飲んでもダメみたい」

祐美子が悲しそうに目を伏せた。

「それまでは、お元気だったんですね？」

「ええ、それまではもう……たぶん、お薬を使っていたんだと思うけど、とっても元気だったわ。女の身体って、男に馴らされていくのよ。わたしの身体も……でも、急にできなくなってしまったから、だから……」

祐美子の開発された肉体が寂しくて、悲鳴をあげているということだろう。

「初めてなんですよ。こういうことをするのは……主人、期待しているみたい。ネトラレの気持ちもわかるって言ってたから、もしかして、わたしが他の男に抱かれるのを見て、自分も昂奮して勃つんじゃないかって期待しているみたい」

「そうなんですか……」

「でも、よかったわ。あなたのようなやさしい人で。いやな男ならどうしようかって思っていたのよ。あなたなら、許せそう……ぁあああ、ねえ、ローターを取ってくださらない？　つらいの。お腹がずっと震えていて……」

「でも、ご主人は？」

「大丈夫。わたしがそうしてくれと頼んだんだ、と言えば……ああ見えても、わたしの言うことにはノーとは言えない人だから。お願い……」

「わかりました」

耕太がソファの前にしゃがむと、祐美子は着物と緋襦袢の裾をひろげ、片足を座面にあげた。

ものすごい光景だった。

あらわになった恥肉はそれとわかるほどに濡れ光り、とろっとした蜜が垂れている。

「黒いコードが出てるでしょ？　それを引けば、出てくるから。お願い……」

耕太は黒いコードをつかんで、引っ張った。しかし、がっちりとホールドされていて、出てこない。

「出てきません」

「もっと、強く引いていいわよ。わたしも押し出すから」

耕太がぎゅっと引っ張り、祐美子が下腹部をせりだすようにした。すると、ピンクの卵みたいものが顔を見せ、さらに引くと、ちゅるっと飛びだした。

（ああ、これが……！）

黒いコードの先に想像より大きなローターがぶらさがって、ビーッ、ビーッとすごい勢いで振動している。

耕太がスイッチを切ると、ようやく、振動音がやんだ。

「それ、主人が舐めたいと思うから、そのままにしておいてね。ティッシュの上にでも置いておいて」

白濁した蜜がべっとりと付着したローターを、ティッシュの上に置いた。

すると、祐美子がすっきりした眉を八の字に折って、哀願してきた。

「寂しいの、あそこが……舐めてくださらない？」

「はい……俺もそうしたいです。でも……」

耕太がバスルームを見ると、

「大丈夫よ。もしかしたら、主人、扉の隙間から覗いているかも。覗きたいのよ。だから、こうしたほうがいいの……して」

うなずいて、耕太は顔を寄せる。

今までローターのバイブレーターを受けていた雌花は充分に花開いていた。

土手高の大陰唇はふっくらして、小陰唇はその反対にややこぶりで、波のように褶曲《しゅうきょく》している。全体は淡い色だが、縁取りだけが蘇芳色に染まっていた。とろっとした蜜を舌ですくいあげるように舐めあげると、

「んっ……！」

びくっとして、祐美子が足を閉じようとする。

そのむちむちの太腿を開いて、さらに、クンニをする。

長時間のバイブレーターを受けていたそこは、舌にねっとりとからみついてくる。

「ぁああ、蕩けそうよ……ぁああ、あああ、気持ちいい……気持ちいいの」

座面に持ちあげられた、白足袋に包まれた足の指がぎゅうと反《そ》った。

耕太はいったん局部を離れ、祐美子の片足から白足袋を脱がし、素足にしゃぶりつく。

ピンク色にペディキュアのされた親指が内側に折り曲げられる。

「やっ、恥ずかしいわ……汚れているから、臭いでしょ？」

耕太はそれは違うとばかりに首を左右に振り、親指を頬張った。

自分でもなぜこんなことをしているのか、わからない。だが、祐美子はこうするのに相応しい女だという気がするのだ。

しゃぶっているうちに、親指から力が抜けて、まっすぐになった指をフェラチオするようにしゃぶると、

「ぁあああ、気持ちいいわ……ぁあああ、へんたいね。あなたもへんたいね……ぁあああ、そこがいいのぉ！」

祐美子がこれまでとは違った喘ぎ声を洩らした。やはり、今までは他人の目を気にしていたのだろう。

親指から人差し指、中指とひとつひとつ丹念に舐め、足の甲から膝、太腿へと舌を這わせていく。

適度に脂肪の載った太腿は、白粉《おしろい》でも振りかけたようにすべすべだった。

付け根から翳りの底に舌を移す。

台形に生えた陰毛は濃いが、触れると柔らかくて、ふわっとした翳りから舌をおろしていく。

潤みきった谷間の上方に大きめの肉芽が顔を出していた。

剥いていないのに、珊瑚色の本体が姿を現し、そこを頬張ってチューッと吸うと、

「やぁあああぁぁぁぁぁ……！」

祐美子が嬌声を張りあげた。

絶対に聞こえたよな、と振り向くと、開いたバスルームのドアに、部長が隠れる姿が見えた。

（そうか……やっぱり、覗き見してたんだな。祐美子さんはその姿が見えていたんだろうな。わかっていて、あの声をあげた……俺は、見せてあげればいいんだ。部長だって、参加したくなったら来るだろう）

耕太はまた、クリトリスを攻める。

今度は舌を使って上下左右に捏ね、ジュルルと啜りあげる。

「ぁあ、許してぇ」

祐美子が言葉とは裏腹に、下腹部をせりあげてくる。

吐き出して、また舐める。そうしながら、笹舟形の底のほうで蜜を溜めている膣口を指でなぞりまわした。

これは礼子に教えてもらっていない。自分で考えたやり方だ。とは言っても、AV男優の影響は拭《ぬぐ》えない。部長が後ろから見ていると思うと、ついつい背伸びをしてしまうのだ。

クリトリスを舐めながら、膣口を指でぬるぬるとさすっていると、これが功を奏したのか、祐美子の気配が変わった。

「ぁああ、ねえ、して……あなたが欲しい。欲しい……お願い」

そう言って、祐美子が自らソファを降りて、立っている耕太のズボンとブリーフをあわただしく脱がした。

そそりたっているものを、ピンクにマニキュアのされた指で握って、

「ぁああ、硬いわ……」

見あげてにこっとし、もう待ちきれないとばかりに肉棹を強くしごく。

それから、もう片方の手で結ってあった髪を解いた。頭を振ると、漆黒の髪が揺れながら枝垂《しだ》れ落ちた。

肩から胸へと届くほどの長い黒髪だった。

妖艶《ようえん》な美に見とれていると、祐美子の指がまるで勃起の硬さを味わっている

ように動いた。亀頭冠のくびれに指をまわし、さらに、全体をさすって、

「ふふっ……血管が浮きでているわ。太い、木の根っこみたい。逞《たくま》しいわ。荒々しい……」

そう言って、祐美子はちらりとバスルームのドアのほうに視線をやった。おそらく、部長を意識しての言葉だろう。

「おしゃぶりしていい？」

「はい、もちろん。さっきもしていただきましたし……」

「さっきとは別よ。あれはイラマチオ。今度はわたしがしたくてするのよ」

長い黒髪をかきあげて見あげ、それから、姿勢をぐっと低くして、睾丸の付け根から裏筋をツーッと舐めあげてくる。

「ぁああ……気持ちいいです」

「ぁあああ、美味しい……あなたの美味しい……」

そう言って、祐美子は裏筋から側面を、さらに、亀頭部へと舌をからませ、最後に頬張った。

なかで舌を躍らせて、亀頭冠の真裏をちろちろと舐めてくる。そうしながら、

肉柱をしなやかな指で握りしごいてくる。

「ぁぁ、くっ……！」

快感が一気に上昇して、耕太は唸る。

「美味しいわ……あなたの美味しい……ああうん」

祐美子はジュルル、ジュルッと亀頭冠を吸いあげ、手を離して、一気に奥まで頬張ってきた。

耕太の腰に手をまわして、ぐいと引き寄せ、陰毛に唇が接するほどに深々と咥え込んだ。

ぐふっ、ぐふっと噎せながらも、吐き出そうとはせずに、もっとできるとばかりにさらに奥に吸い込んで、バキュームする。

「ぁあああ……奥様、気持ち良すぎる！」

真空状態になった喉奥に、亀頭部が嵌まり込むような快感だった。

しかも、なかで扁桃腺みたいなものがぐにぐにとからみついてくる。

（すごい、バキュームフェラだ。これをされても、部長は勃起しないのか？いや、勃起しないとできないか？）

部長の視線を感じる。しかし、振り向いてはいけない。

下を見ると、ベージュに草花の裾模様の散った友禅を着た、三十八歳の優雅な奥様が、頬を凹ませて、自分のイチモツに吸いついている。

信じられないような光景だった。

だが、これは現実であり、自分は部長の期待に応えなければいけないのだ。

耕太は黒髪を撫でる。

すると、祐美子は浅く咥え直し、耕太を見あげてにこっとする。

それから、素早く唇をすべらせ、「んっ、んっ、んっ」と大きく唇を往復させる。

いったん吐き出して、裏筋を舐め、亀頭冠の真裏に舌を走らせながら、また色っぽく見あげてくる。

「硬いわ。それに、すごく反ってる。あなた、反り具合がすごいのね。きっと、これがいいところを擦ってくるんだと思うわ。それで、女の人はめろめろになるんじゃないかしら？　そう言われない？」

「いえ、初めてですけど……」

「そう？　みんなわかっていて言わないだけなのね。これを、他の女に取られるのがいやだから……うふふっ」

薄く笑って、祐美子がまた頬張ってきた。

今度は激しく唇をすべらせながら、根元を握ってしごく。

枝垂れ落ちてくる長い黒髪を邪魔そうにかきあげて、とろんとした瞳で見あげてくる。

一気に愉悦の塊がふくらんできた。

「ああ、ダメです。出そうだ……」

思わず言うと、祐美子はちゅるっと吐き出して、

「寝室に行きましょ？」

潤みきった瞳を向けてきた。

「……いいんですか？」

「平気よ。だって、そのために来たんでしょ？　いらっしゃいな」

祐美子は耕太の手を引いて、隣の寝室に向かう。

3

祐美子はベッドの前で、帯を解いている。

金糸の入った華やかな帯がシュルシュルッと衣擦れの音をさせて、床にとぐろを巻いた。

それから、祐美子は着物を肩からすべり落とし、燃えるような緋襦袢姿になって、ダブルベッドにあがり、

「いらっしゃいな」

耕太を手招く。

そのとき、ふと人の気配を感じて振り向くと、バスローブをはおった生島部長が立っていた。

「いいんだぞ。やってやれ。祐美子が他の男に抱かれるのを見たいんだ。問題ない……早く、行ってやれ」

そう言う生島の顔は紅潮し、明らかに昂奮している。

（そうか、やっぱりネトラレなんだな。よし、やってやる！）

耕太はシャツを脱ぎ、全裸になって、ベッドにあがる。

「逆シックスナインってわかる？」

祐美子に言われて、耕太はうなずく。やったことはないが、どんなものかはわかっている。

「あれをしてほしいの」

耕太は仰向けに寝た祐美子に、逆向きになってまたがり、口許に勃起を押しつけた。すると、祐美子は躊躇《ちゅうちょ》することなくそれを頬張ってきた。

この体勢だと女性のほうから唇をすべらせるのは難しい。

（そうか、きっとイラマチオされるのが好きなんだな……）

耕太はぐっと肉棹を奥まで突き入れて、ゆったりと慎重に腰を振る。祐美子はくぐもった声を洩らしながらも、一心不乱に頬張ってくる。

耕太は奥まで差し込んだ状態で、祐美子の股の間に顔を突っ込んだ。

真っ赤な長襦袢をめくると、真っ白な下半身があらわになり、台形に繁茂した翳りの底に顔を傾けるようにして、舌を伸ばす。

やりにくいな、と思っていると、祐美子が自分で両足を開いて、持ちあげてくれた。こうすると、恥肉の位置もあがって、舐めやすくなる。

いつもとは違って、反対側からクンニをしている。それが新鮮でもある。

いっぱいに出した舌で狭間をなぞり、上方のクリトリスを頬張って吸いあげてやる。

「んんんっ……んんっ……ぁああ、あおおお……！」

祐美子は肉棹を頬張っているから、喘ぎ声も変わってくる。そのいつもとは違う喘ぎが、耕太のサディズムをかきたててくる。

陰核を吸いながら、腰を波打たせると、切っ先が喉を突くのだろう、

「うぐ……ぐがが っ……」

祐美子は苦しそうに喘ぎながらも、決して吐き出そうとはせずに頬張りつづけている。

耕太が狭間に目標を移して、粘膜をねろねろと舐めると、

「んんんっ……んんんっ……ぁああ、我慢できない。して、これが欲しい！」

祐美子が勃起に鼻を擦りつけてきた。

ちらりとうかがうと、生島は隣のベッドに腰かけて、こちらを見ていた。その目はギラギラとして、バスローブのなかに手を突っ込んで、あれをしごいているようだった。

生島はこちらを見て、「いいぞ」と低く呟《つぶや》いた。それから、

「やってやれ。祐美子のオマ×コを貫いてやれ」

血走った目を向けた。

（よし、それならやってやる！　祐美子さんをよがらせてみせる）

女はまだ三人しか知らないが、恵美が褒めてくれたお蔭で、自信が芽生えていた。耕太は枕を腰の下に置いて、祐美子の足をすくいあげた。

緋襦袢がはらりとひろがって、真っ白な太腿があらわになり、翳りの底に勃起を押し当てて、慎重に位置をさぐった。

どちらかと言うと、下付きだ。腰枕をしてよかった。おそらく、バックからのほうが具合がいいから、最後は後ろから――。

そう考えている自分に気づき、

（ああ、俺ってすごく成長している！）

自画自賛する。

土手高のフクマンだが、小陰唇とともにこぶりの膣口に切っ先を押し当てて、慎重に押し込んでいく。

ぬるぬるっとそれが嵌まり込んでいき、熱いと感じるほどの滾りが包み込んでくる。

「ぁあああ……いい！」

奥まで突っ込むと、祐美子が顔を撥ねあげて、シーツを鷲づかみにした。

(ああ、すごい……まったりとからみついてくる。吸われるようだ)

吸引力に酔いしれながらも、ゆったりとしたストロークをはじめる。

膝をつかんで折り曲げ、屈曲位で攻めると、

「ぁあああ、あああ……気持ちいい……」

祐美子が心底からの声をあげる。

「そんなに気持ちいいですか？」

「ええ……ひさしぶりなの。本物のおチンチンをいただくのは、ほんとうにひさしぶりなのよ……いつもはバイブだけど、あれは温かみがないから……本物

のほうがすっといいのよ。馴染んでくる……ぁあああ、突いて、もっと突いて！」
祐美子がせがんで、腰を振りあげる。
ならばと、耕太は膝の裏をつかんで押しあげながら、腰を叩きつけていく。
ズンっ、ズンッとイチモツが奥を突いて、
「あっ……あっ……ぁあああ、内臓まで届いてるぅ……ぁああ、あああああっ」
祐美子は、持ちあがるほどシーツを鷲づかみにして、繊細な顎をのけぞらせる。
だが、あまりにも膣の具合が良すぎて、ふいに放ちそうになった。
（ダメだ。我慢だ！）
膝を放して、覆いかぶさり、緋襦袢の上から胸のふくらみを揉みしだいた。
「ぁあああ、ぁああ……いいの。胸も感じる……」
祐美子が悩ましい目で見あげてくる。
やはり、じかに触りたい。
緋襦袢の前を開きながら、肩からおろすと、祐美子が袖《そで》から手を抜いた。もろ肌脱ぎになって、乳房がこぼれでてきた。

大きい。やはり、和服の外から見ただけでは、乳房の実際の大きさはわからないらしい。

想像以上にたわわで、丸々としてふくらみきっている。

充分すぎるふくらみをやわやわと揉んだ。指が沈み込んでいく感触がたまらない。セピア色の突起を指で転がすと、

「んっ……あっ……ぁあああ、それ……！」

祐美子が艶やかな声をあげて、のけぞる。

耕太は左右の乳首を指で捏ねた。側面をつまんで、くりくりと転がすと、

「ぁああ……あああ……それ、いいの……ぁあああ、して。突いて」

祐美子が自ら腰を動かす。

耕太は右手で乳房を揉みしだき、乳首を捏ねながら、もう片方の手を突いてバランスを取り、腰を叩きつけた。

ぐいっ、ぐいと肉棹が蕩けた粘膜を擦りあげていき、

「あんっ……あんっ……あんっ……」

祐美子が顎をせりあげた。

ストロークを受け止めながら、両足をM字に開いて、屹立を深いところに導いている。打ち込むたびに、たわわな乳房がぶるん、ぶるんと揺れる。

（そうか、ここで……！）

礼子の教えを思い出し、背中を折り曲げて、乳首に舌を這わせた。

打ち込むその勢いを利用して、乳首を上へ上へと舐める。と、これが感じるのか、

「ぁああ、初めてよ。これ、初めて……ぁああ、気持ちいいわ。両方、気持ちいいの……ぁああ、抱いて。抱きしめて！」

祐美子が情熱的な目を向けてくる。

期待に応えて、耕太は覆いかぶさっていく。

右手を肩口からまわし込んで肢体を抱き寄せ、肌と肌を重ねながら、腰をつかった。

勃起と膣が密着して、二人がひとつになったようだ。

ぐちゅぐちゅと淫靡な音とともに、肉の塔が粘膜を掻きまわす。

「ぁああ、いい……これが欲しかったの。ずっと、こうしたかった……ぁああ、あなた、わたし気持ちいい……イキそうです」

祐美子が生島のほうを見て、言った。

と、生島部長が近づいてきた。

ベッドの縁に腰かけて、その手を握り、言い聞かせた。

「いいんだぞ。気を遣って……俺に気兼《きが》ねする必要はない」

「ああ、あなた……好きよ」

「俺もだ。俺も、お前が好きだ」

二人の仲睦《なかむつ》まじさを見せつけられて、いったん気持ちが引きかけたが、いや、ここは自分が頑張ることが二人を悦ばせるのだから、と思い直した。

ぐいぐい打ち込んでいると、

「んっ……？」

生島が不思議そうに自分の股間を見た。

「おおぅ、勃ってきたぞ。やはりな……舐めてくれんか？　そうだ。バックからしてくれ。後ろからしろ」

生島が耕太に指示をする。

ならばと、耕太はいったん結合を外し、祐美子をベッドに這わせた。

緋襦袢をめくりあげると、真っ白な尻がこぼれでてきた。

その間に、生島はベッドにあがって、祐美子の前に両膝を突き、半勃起状態のものを咥えせた。

デカかった。耕太のものより、長さも太さも勝っている。しかも、いまだ半勃起でこのデカさなのだから……。

強いコンプレックスを感じた。だが、これはむしろ、喜ばしいことだ。部長が完全勃起して、奥さんとできれば、それがいちばんだ。

耕太は、濡れて開いている雌花に屹立を押し込んだ。

「うぐっ……！」

夫のものを頬張りながら、祐美子が低く唸った。

耕太も適度にくびれたウエストをつかみ、引き寄せながら、ぐいぐいと打ち込んでいく。

やはり、下付きのせいで、バックからのほうが具合がいい。

パチン、パチンと音がするほどに強く打ち据えると、

「うごっ、ごごっ、うごっ……」

祐美子は低く喘ぎ、下を向いた乳房をゆらゆらさせながらも、一生懸命に生島のイチモツをしゃぶっている。

「おぉ、だんだん硬くなったぞ。もう少しだ……おぉ」

生島が顔を真っ赤にさせながら、イラマチオをする。

耕太はなるべく部長の顔を見ないようにうつむいて、ぐいぐいと怒張を打ち込んでいく。

(ああ、すごいな……今、男二人でこんな優雅な奥様を、前と後ろから貫いている!)

ぐっと昂奮が高まったそのとき、生島が言った。

「替わってくれ！　できそうなんだ」

「ああ、はい……」

もう少しで射精というところを我慢して、結合を外して、前にまわる。

その間に、部長も祐美子の後ろに回った。

懐中電灯クラスのイチモツがむっくりと頭を擡《もた》げていた。

まだ完全勃起にはいたっていないようだが、生島はそれを祐美子の膣に後ろから押し込もうとする。

すぐには入らなかったが、祐美子も自ら指で膣をひろげて、迎え入れようとしていた。やがて、

「おおー、入ったぞ！」

生島が歓喜の声をあげた。即座に、腰を動かす。

「ぁああ、あなたがいる。あなたが……ぁあああ、大きい……硬いわ。あなたのカチカチよ……ぁあああ、すごい、すごい……」

祐美子も悦んでいる。

それはそうだろう。あんな大きなものを入れてもらったら、気持ちいいに違いない。

耕太が高みの見物を決め込もうとしたとき、生島が言った。

「何をしているんだ？　きみもイラマチオするんだ。わからんのか？　俺は妻が他の男のあれを咥えているのを見ると昂奮するんだ。早くせんか！」

耕太もあわててイチモツを咥えさせる。幸いにして、それはまだいきりたっている。

「んっ……んっ……んっ……」

後ろから突かれるたびに、祐美子は身体を前後に揺らして、その勢いを利して勃起を頬張ってくる。

「おおぅ、やったぞ！　ついにできた！　やったぞ、おおおぅ！」

会社では重鎮として落ち着き払っている生島部長が、若者のように悦びをあらわにしている。

それが、耕太にもうれしかった。

ごく自然に、部長とストロークのピッチを合わせていた。

生島がズンッと後ろから突くたびに、耕太も前から口腔を突く。

その息がぴったりと合ったとき、祐美子が昇りつめていくのがわかった。

「んんっ……んんんっ……うぐぐっ、いぐっ……！」

「そうら、イケよ。俺のでイケ。うれしいだろ？」

生島が嬉々として声をかける。

咥えたままそう言った祐美子の気配がさらにさしせまったものになった。

「うれすい……」

「うぐっ……ぐっ……ぐっ……あがが……！」

頬張ったままがくん、がくんと躍りあがった。

次の瞬間、耕太は溜まりに溜まったものを放っていた。噴き出していく精液を祐美子は頬張ったまま呑んでくれている。

放出を終えて、耕太が口から肉茎を抜くと、いまだ呑みきれていなかった白濁液が、その口からたらっとしたたり落ちた。

だが、生島はいまだ出していないようだった。

「見てろよ。祐美子が気を遣るところを、見てろよ」

生島が言いながら、すごい勢いで腰を叩きつけている。

誰かに見られていないと昂奮しないのだから、しょうがない。耕太が隣のベッドに腰かけて眺めていると、

「あん、あん、あんっ……」

祐美子は甲高《かんだか》い声を放って、悦びをあらわにする。

「はい……気持ちいい……イキます。祐美子、あなたのおチンチンでイキます！」

生島が訊く。

「気持ちいいか？」

「おおぅ、祐美子！」

生島が太鼓腹を叩きつけるようにして、腰をつかった。

「ぁあああ、ぁあああ、イク、いく、イク……あなた、祐美子、イキますぅ！」

「ほうら、イケ。俺も、俺も出すぞ」

生島が激しく腰を叩きつけたとき、

「イクぅ……！」

祐美子がのけぞった。次の瞬間、生島も「うっ」と呻いて、動きを止めた。

きっと射精しているのだろう。

祐美子がどっと前に倒れて、生島も覆いかぶさっていく。

はあはあと荒い息づかいで胸を弾ませていた生島が、耕太を見て言った。

「これできみの役目は終わりだ。ありがとう。きみのお蔭で、ひさしぶりに祐美子と合体できた。悪いようにはしないからな。悪いが、帰ってくれるか？」

「あ、はい……帰ります」

耕太は急いで服を着て、身繕《みづくろ》いをととのえ、部屋を出た。

途中で追い出されたことに一抹《いちまつ》の寂しさはあったが、部長が合体できたことでほっとしていた。

耕太は廊下を歩き、エレベーターが停まると、無人の箱に乗り込んだ。

第五章　手ほどき課長と最愛の女

1

一カ月後、耕太は商品管理部から営業部へと異動した。

生島部長夫婦のオタスケマンを成功させたことで、生島部長が、耕太を営業部の一員として、抜擢《ばってき》してくれたのだ。

それから数カ月、耕太は営業を学び、そして、着実に成果をあげていた。

耕太はどうやら、S製薬のメインターゲットであるミドルエイジの女性に、受けがいいようだった。

仕事が順調であること以上に、耕太が営業部に移ってよかったと思うのは、そこに、児玉瑞希がいることだ。

瑞希はあまり外回りはせずに、もっぱら内勤で事務をしていたから，出勤すれば毎日、逢えた。様子を見ていると、瑞希が会長の孫娘であることは、上司である礼子以外には知られていないようだった。

そんなある日、外回りを終えて、いったんオフィスに帰ると、礼子が待っていた。すでに就業時間を過ぎていて、オフィスには礼子の他に人影はない。

「頑張っているわね」

「ああ、はい……礼子さんに、いや、課長にいろいろと教えていただいているお蔭です」

耕太は畏《かしこ》まって、直立不動で答える。

耕太がこれだけ順調にセールスを伸ばしているのは、礼子に営業のコツを教わっているからだ。

耕太はセックスでも仕事でも、礼子に手ほどきを受けていた。

「課長がいらっしゃらなかったと思うと……ありがとうございます！」

深々と頭をさげた。

「いいのよ、そんなに固くならなくても。二人のときは、課長ではなくて礼子さんでいいのよ。話があるから、応接室に行きましょうか」

礼子がさっと立ちあがり、黒いパンプスを鳴らして、応接室に入っていく。

自分は一人用の肘掛けソファに腰かけて、耕太には二人用のソファに座るように言う。

礼子がさっと足を組んだ。

一瞬、スカートのなかにむっちりとした太腿と、その奥の紫色のものが見えた。

「ふふっ、今、スカートのなかを覗いたでしょう？　相変わらずスケベね……非難しているんじゃないのよ、いい意味で言っているんだから」

そう言って、礼子がまた足を組み替えた。

随分とゆっくりだったので、スカートの奥の紫色のパンティが肌色のパンティストッキングから透けでているのが、目に飛び込んできた。

「そのスケベさのお蔭で、生島部長の寵愛《ちょうあい》を受けているんですものね。どう、あれから、また呼ばれたりしているの？」

「あ、はい……今も時々……」

「そう……まあ、しょうがないわね。でも、いいじゃない。奥様の祐美子さん、おきれいな方だし……」

「ああ、はい、そうですね」

「バカね。つられて……そういうときは、礼子さんのほうがはるかにおきれいですって言っておくものよ」

礼子に仏頂面《ぶっちょうづら》されて、ああ、そうだった、と反省した。

「で、児玉瑞希とのことだけど、どう、あれから進展あった？」

礼子が身を乗り出してくる。

「まだ……ですね。俺がこっちに移って、頑張っているのを見て、前よりは冷たい目で見られなくはなっているんですが……」

「わかってるよね。わたしがきみにコーチしたいちばんの目的が何か？」

「……瑞希ちゃんを落とすことですよね？」

「そう……きみが出世して、わたしを我が社初の女性重役に引きあげてほしいのよ」

そう言って、礼子がまたゆっくりと大きく足を組み替えた。

またまた、パープルのパンティに気を取られながらも、

「充分に承知しています。俺の恩人は礼子さんですから、礼子さんに恩返しを

したいです」

心からそう思っていた。

「それでいいのよ。で、瑞希ちゃんのことだけど、そろそろいいんじゃない？」

礼子が腕を組んだ。組みながら、右手を顎に添えている。

組まれた足の爪先の黒いパンプスが、あわただしく上下に動いている。

「そろそろ、と言いますと？」

「デートするってこと。そろそろ、デートに持ち込んでもいいんじゃないの？　わたしが見る限り、瑞希のきみに対する気持ちはまた戻ってきてると思うわよ。わかるのよ、彼女の気持ちが……」

「そうだといいんですが……でも、なかなかキッカケがなくて」

「バカね。瑞希もそのキッカケを待ってるのよ……いいわ。わたしが作ってあげましょうか、そのキッカケを」

「……あ、ありがとうございます。でも、どうやって……」

「そうね。今度、仲間麻輝子《なかままきこ》が結婚して、うちを辞めることになったのは知ってるでしょ？」

麻輝子は恵美と同期入社で、同じ二十六歳の事務職だが、結婚が決まり、寿《ことぶき》退社をすることが決まっていた。

「彼女を送る、ささやかな会を開く予定なの。そこに当然、瑞希を呼ぶんだけど、きみも参加しなさい」

「俺がですか？　でも、俺、彼女のこと、ほとんど知らないし……」

「バカね、考えてもみなさい。瑞希は同期入社の仲間が寿退社することに、複雑な思いを抱えているのよ。どんな女の子だって、強い結婚願望があるんだから……このわたしだって、結婚しているのよ。別れたけど……仲間が去っていき、瑞希は結婚を祝福したいっていう気持ちと、一抹の寂しさや焦りを感じると思うのね。それはわかる？」

「ああ、はい……」

「そこがつけこむチャンスなのよ。夜に開くから、そのあとで、きみは瑞希を誘いなさい。あの子、お酒弱いから……」

礼子は一枚の名刺を取り出して、その裏にTワインと書き込んで、それを手渡してくる。

「そこの店に誘って、裏に書いたワインを呑ませなさい。とってもフルーティでほとんど葡萄《ぶどう》ジュースに思えるけど、じつは、アルコール度数は高いの。それを呑ませれば、彼女も酔って、心を開いてくれるわ。そのときがチャンスよ。好きです、つきあってくださいと告白するの。それに、じつはソープ嬢とのウワサは人違いだったことをきっちり伝えるの。そうしたら、彼女はなびいてくるわ……それで、ダメだったら、諦めなさい」

礼子が自信満々に言う。

すごくありがたいことだ。しかし、最後の、酔いやすいワインを呑ませるのはどうなのだろう？　でも、それで彼女が心を開いてくれるのだったら、いんいのではないだろうか？

「わかりました。ありがとうございます。俺、頑張ります」

力強く言うと、礼子が大きくうなずいた。

それから、組んでいた足をほどいて、少しずつ膝を開いていく。

（ええっ……？）

びっくりしている間にも、礼子のすらりとした足はどんどんひろがっていき、スカートが突っ張るまでに開いた。

肌色のパンティストッキングの真ん中にシームが走り、それが、パープルのパンティの股間に見事に食い込んでいる。

ごくっと生唾を呑んでいた。

このところの忙しさにかまけて、礼子とはほとんどセックスしていない。

礼子もそろそろお腹の下が寂しいのだろう。

礼子がパンプスを脱いで、両足をソファの肘掛けに置いた。

M字にひろがった太腿の奥の、丸見えになった股間を撫ではじめる。

右手の中指を華麗に使って、シームの食い込むあたりを縦にさすり、

「ぁああ、ねえ、来て！」

その目が一瞬にして、情欲に光っていた。

耕太はいそいそと近づいていき、その前にしゃがんだ。命じられなくても、何をするべきはわかっている。

肌色のパンティストッキングに包まれた足を舐めあげていき、スカートの奥に貪りついた。

クンニしやすいように、礼子の腰を引き寄せる。

両足をつかんで開かせ、パンティストッキング越しにパンティの基底部に舌を走らせる。

そこは甘酸っぱい大人の香りに満ちていて、たちどころにパンティストッキングが湿って、パープルの布地が透けだしてきた。

「ねえ、パンティストッキングを破って」

礼子がとろんとした目で言う。

「いいんですか？」

「いいのよ。お願い……ほんとうはそういうのが好きなの。燃えるのよ」

「わかりました」

ドキドキしながら、パンティストッキングのシームの部分に指を引っかけて、引っ張る。最初は上手くいかなかったが、いったん裂け目ができると、そこから、一気に開口部がひろがっていき、

「ぁあうぅ……！」

礼子が何とも言えない声を洩らして、顔をのけぞらせた。

丸くひろがった大きな開口部から、パープルのパンティの基底部が見えた。

ハイレグパンティで、細くなった基底部が紐のようになって、ぷっくりとした肉土手に食い込み、そこから大陰唇がはみだしている。

縮れ毛もちらほら見えて、やや変色した肉土手を飾っている。

（ああ、すごい……！　そうだ、ここはこうして……）

パンティを真ん中に集めて引っ張りあげると、いっそう細くなったクロッチがぎゅうと谷間に食い込んで、

「ぁああ、いやん……」

礼子が羞恥心をのぞかせて、顔をそむけた。

ごくごくっと生唾を呑みながら、手を左右に振ると、細くなった箇所が谷間にますます食い入って、
ネチッ、ネチッ――。

いやらしい音が応接室に静かに響き、

「ああ、この音……！」

礼子がますます顔をそむけて、いやいやをするように首を振る。

たまらなくなって、耕太はクロッチを横にずらした。

すると、解き放たれたように恥肉がこぼれでた。

褶曲した肉びらがひろがって、内部の濃いピンクの粘膜があらわになり、そこは、ぬめぬめと光っている。

顔を寄せて、じかに狭間を舐めた。ぬる、ぬるっと舌がすべって、

「あっ……あっ……ぁああ、いい……きみの舌、気持ちいい……ぁああ、ぁあ
ああ、もっと……もっと舐めて」

礼子が後ろ手にソファの背もたれをつかんだ。

耕太は濡れたパンティを横にずらしておいて、クリトリスにも舌を走らせる。

包皮を剥いて、じかに紅玉を舌であやし、吸う。そうしながら、太腿を撫でているると、礼子の様子が逼迫してきた。

「ぁああ、あああ……いいの……」

自ら腰を振りあげてくる。

耕太も自分が成長していることを見せたい。中指で膣口を触り、礼子が欲しがって腰をせりあげたとき、中指をずぶりと差し込んだ。

「ぁあっ……！」

礼子が顔を撥ねあげる。

すごい締めつけだった。押し込んだ中指を、緊縮力抜群の粘膜がぎゅっ、ぎゅっと食いしめてくる。とくに入口の力はすごい。

このところ立てつづけに女の人とセックスしてきたが、やはり、自分の故郷はこの人だと感じた。

上に指腹を向けた中指でノックするように、膣壁を叩くと、

「ああ、それ……！　上手よ。上手くなった……ぁあああ、たまらない。痺《しび》れてる。あそこが気持ちいい……ぁあああ、あうぅぅ」

中指の動きに合わせるように、礼子はぐいぐいと下腹部をせりあげる。

タンタンタンッと連続してGスポットらしき箇所を指で押しあげると、礼子は顎を突きあげて、

「ダメ、ダメ、ダメっ……そこ、弱いの……イク、イク、イッちゃう……」

背もたれを鷲づかみにしていたが、やがて、「うっ」と呻いて、痙攣した。

気を遣ったのだ。耕太が指を抜くと、粘液がたらっと糸を引いた。

すぐに、絶頂から回復した礼子が逆襲に転じて、耕太の衣服を剥ぎ取っていく。

全裸に剥かれて、耕太は戸惑う。ここは、オフィスの応接室。こんなところを誰かに見られたら、お終《しま》いだ。しかし、礼子はそんなことは気にしていないという様子で、自分もスーツを脱いで、一糸まとわぬ姿になった。

あり得ない。

オフィスの応接室で、二人とも生まれたままの姿なのだ。

しかし、それはある種の解放感をともなっていた。

耕太は指示されるままに、二人用ソファに座った。すると、礼子がソファにあがって、またがってきた。

いきりたつものを股の間に導いて、腰を振って擦りつける。それから、ゆっくりと沈み込んでくる。屹立が熱い滾りに埋まっていき、

「ぁああ……いい……やっぱり、きみがいい……あああ、すごい。カチカチよ。突いてくる。カチカチがなかを……ぁああ、お臍まで届いてる」

礼子は耕太の肩につかまって、腰から下を打ち振る。

前後に揺すってから、今度は縦に振る。いきりたちが窮屈な肉路に揉み抜かれて、ぐっと性感が高まる。だが、耕太は成長した。このくらいでは、搾り取られることはない。

目の前で揺れる乳房にしゃぶりついた。そそりたっている乳首を吸い、舌で転がすと、

「ぁあああ、上手くなった……わたしの見込んだとおりね。きみにはセックスの天賦《てんぷ》の才能があるのよ。それは、神様から与えられたものなの。それを使わないと、宝の持ち腐れなの。言っていることはわかるわね？」

礼子が言い聞かせてくる。耕太は乳首を咥えたまま、うなずいた。

「ぁああ、気持ちいい……ぐりぐりしてくるの。きみのがぐりぐりしてくるの……ぁああ、あああ……」

礼子は肩につかまって腰をまわし、そして、縦に打ち振る。

耕太は乳房にしゃぶりつきながら、もう片方の乳房を揉みしだく。指で乳首を捏ね、引っ張りあげて転がす。

「ぁああ、イキたくなった……後ろからして」

そう言って、礼子はいったん結合を外し、ソファの座面に両手を突いて、尻を後ろに突きだしてきた。

（ああ、いつ見ても魅惑的なヒップだ！）

見とれながらも、いきりたちを尻たぶの底に押し込んだ。

それが窮屈な道を押し広げていくと、礼子は「ああ」と喘ぎ、ソファをつかむ指に力を込めた。

「たとえ、瑞希と親しくなっても、わたしともつづけてね。恩人を見捨てるようなことはしないわよね？」

後ろを振り返って、訊いてくる。

「もちろんです。俺は恩人を見捨てることは絶対にしません。それに、礼子さんはすごく魅力的でセクシーで仕事もできるし、これ以上の女の人はいませんは」

「ふふっ、口も達者になったわ。いいのよ、それで……女はね、男の言葉で変わるのよ。甘い言葉を囁きつづけなさい。瑞希にもね……」

「はい！」

「ああ、ちょうだい。突いて。思い切り突いて！」

礼子が物欲しそうに腰を振って、誘ってくる。

耕太は鋭くくびれたウエストをつかみ寄せて、腰を打ち据えていく。切っ先が膣の奥のほうまですべり込んでいき、

「あんっ……あんっ……あんっ……！」

礼子の喘ぎ声が、応接室に響きわたる。

浅いところをたてつづけに擦ると、

「ぁああん、焦らさないで！」

礼子が尻を突きだして、自分から腰を振る。

「しょうがない人ですね。礼子さんはほんとうに好き者だ」

「そうよ、きみの前では好き者になるの……ぁあああ、ぁあん、あんっ、あんっ、ああんっ……」

全身を揺らして、腰を叩きつけてくる。

耕太はまだまだ持ちそうだ。しかし、礼子はさしせまっている。そろそろ気を遣るだろう。女性をイカせることが、耕太の悦びでもある。最近、それがわ

かってきた。

「行きますよ。イッていいですよ」

耕太はぐんっ、ぐんっと腰を突きだして、屹立を深いところへ送り込む。

「あん……あんっ……ぁああ、突いてくる。奥に当たってる……ぁああ、そうよ、そう。奥が感じるの…ぁああ、イキそう。イッていい？」

「いいですよ。イクところを見せてください」

「あんっ、あん、あんっ……ぁあああ、来るわ。来る……」

礼子がウエーブヘアを振って、顔を振りあげる。

「そうら、イッていいですよ」

耕太が腰をつかみ寄せて、強いストレートを叩き込んだとき、

「イク、イク、イクっ……やぁあああああぁぁぁぁぁ！」

礼子はオフィス中に響きわたるような声を張りあげて一瞬静止し、がくがくっとソファに崩れ落ちた。

2

仲間麻輝子の送別会が行なわれたその夜、耕太はせっせと会の手伝いをしていた。

集まったのは気心の知れたメンバー六名で、耕太はお手伝い役として参加をしていた。礼子の配慮だ。

とどこおりなく会は進み、最後に麻輝子がお別れの挨拶をして、他のメンバーや瑞希が、『ご主人と仲良くなさいね。羨《うらや》ましい！』とはやしたて、麻輝子も他のメンバーも最後は嗚咽《おえつ》して、麻輝子がみんなに送られて店を出ていった。

これも礼子の配慮で、他のメンバーが帰り、店に残ったのは耕太と瑞希の二人だけになった。

後片付けも終わり、耕太はおずおずと声をかけた。

「あの……これから、呑みませんか？」

すると、瑞希は一瞬、エッという顔をしたが、やはり、誰かに思いを聞いてほしいという気持ちがあったのだろう。

「……しょうがないな。きみがそんなに呑みたいなら、つきあってあげる」

突慳貪《つっけんどん》に言った。

瑞希はセミロングのさらさらの髪で、ととのった顔をしている。

とくに、アーモンド形の大きな目と、ふっくらとした唇は、誰もがこの唇にキスしたいと願うだろう。

それでいて、性格はいわゆるツンデレというやつで、自分の意見を主張するときもあれば、逆に、猫のように男に甘えついてくるときもある。

最初はその性格の謎がわからなかったが、今ならわかる。

それは、彼女がこの創始者で、現会長の孫娘というところから来るのだろう。プライドと内に秘めた女らしいところがない混ぜになっているのだ。

もし自分が会長の孫で、その会社に勤めながらも正体を明かしていないと考えると、それはとても複雑な心境で、いつも妙なプレッシャーを感じるに違いないのだ。

耕太と瑞希は店を出て、礼子に教えてもらったワインバーに向かった。

瑞希はやはり、まだあのソープ嬢の発言が気になっているのか、むっつりとして、あまり話さない。これはやはり、まず、あの件について事情を話さなければと思った。

歩いて五分ほどのところにあるワインバーに入り、耕太は瑞希がオーダーする前に、あのTワインをボトルで頼んだ。

「えっ……耕太くん、ワインの銘柄をよく知っているのね？」

瑞希が不思議そうに顔を傾けた。そのかわいさにくらっとした。

チーズを瑞希が好きなことを知っていたので、チーズの盛り合わせを頼み、すぐに注文したワインが出てきたので、瑞希と乾杯をした。

白ワインで、米国産のナイアガラという種類の緑色のブトウから抽出したというワインは呑みやすく、フルーティで美味しかった。

「うん、美味しい……甘いけど、厭味が残らないし、すっきりしてる。これ、初めてよ」

途端に、瑞希の機嫌がよくなった。お嬢様だからいろいろなワインを呑み慣れているはずで、自分の知らない美味しいワインを耕太が知っていたというこ

と に、感心しているのだろう。

ほんとうは、礼子に教えてもらったものだが、事実は言えない。

「よかった。瑞希ちゃんが喜んでくれて……」

「でも、これほんとワインなの？　ほとんどジュースみたいなんだけど」

「まあ、ジュースみたいなものだよ」

「わたし、あんまりお酒に強くないから」

「だから、ちょうどいいと思って、きみに勧めたんだ」

それから、二人は仲間麻輝子について話した。

同期で仲もよかった麻輝子が寿退社することに、瑞希は一抹の寂しさを感じているようで、時々、涙ぐんだりした。

その間も、耕太は瑞希の空いたワイングラスにワインを注いで、瑞希はそれを美味しそうに呑んだ。

すると、見る見る、色白の顔が桜色に染まってきた。

そろそろいいだろうと、耕太は例の件について説明をした。

「じつは、あれは俺の友人がソープに行って、俺の名前を騙《かた》ったんだ。その間、俺は彼を待って、普通のレストランにいたから、あれは俺じゃないんだ。その、ソープ嬢を満足させたって相手は……」

「ほんとなの？　ウソでしょ。ウソをついて、わたしを騙そうとしてるんでしょ？」

「ウソじゃないよ。何なら、そのソープ嬢と逢ってもいい。絶対に、あのときの彼じゃないと言うよ。郷原ってやつで、大学時代の友人で、昔からプレーボーイとして有名なんだ。信じてくれないなら、今からあいつに電話しようか。あれは自分が山田耕太という名前を冗談で使ったんだって証言してくれると思うよ」

一気にまくしたてると、瑞希の表情が明らかに変わった。

「でも、それだったら、もっと早くわたしにその真相を打ち明ければよかったじゃない！」

「打ち明けようとしたさ。でも、きみは取り合ってくれなかったじゃないか！　ほんとうなんだよ。ウソじゃない。信じてほしい」

最後は涙ながらに訴えた。

ようやく、瑞希は信じてくれたようで、

「そうだったの……」

ふっくらとした唇を噛んだ。

「あとひとつ、きみに伝えたいことがあるんだ」

「何？」

瑞希がまたかわいく首を傾げた。

「俺、知っているんだ」

「何を？」

「きみが、現会長の孫娘だってこと……」

口にすると、瑞希がハッとして息を呑み、大きな目をさらに大きく見開いた。

「……誰から聞いたとは言えないけど、知っているんだ。だから、きみの苦しみもよくわかるんだ。つらいだろうなって……」

じっと目を見ると、つぶらな瞳が見る見る潤んできた。

「つらいのよ……ほんとうに」

目を伏せた。

ノースリーブのニットの胸のふくらみが甘美にふくらんでいて、そこに視線が落ちそうになって、こらえた。

今が、告白するチャンスだと感じた。

耕太は思い切って、言った。

「きみが好きなんだ。きみを支えていきたい。まだまだダメ男だけど、俺は絶対に出世して、きみを幸せにしたい。だから、つきあってもらえませんか？」

そう言って、昔やっていたテレビ番組のように、片手をテーブルの上に伸ばして、目を瞑った。

「ズルいわ。こんなときに……ズルいわよ」

「……お願いです。幸せにします。お願いです。瑞希さんが好きなんだ」

顔を伏せたまま、気持ちを伝えた。

それでも、反応がない。ああ、やはりダメかと諦めかけたとき、差し出した右手に、温かくて柔らかな手を感じた。

ハッとして目を開けると、瑞希が耕太の手を握手するようにつかんでいた。

「しょうがないな……こんなときに告白されたら、受けざるを得ないじゃないの。でも、慢心しないでよ。わたし、すごく我が儘《わまま》だから、すぐに心が変わるかもよ」

瑞希が真剣な目で言う。

「嫌われないように努力するよ」

「努力だけじゃダメなのよ。誰だって、努力はするんだから……でも、気持ちはうれしい……」

瑞希がもう片方の手で、反対側から耕太の手をやさしく包み込んできた。

両側から温かい手を感じて、耕太は至福に押しあげられる。これが夢なら、覚めないでほしい。

ドクン、ドクンと心臓が打ち、なぜか股間のものもふくらんできた。

やはり、自分は瑞希が好きなのだ。瑞希を抱きたいと、体が言っているのだ。

耕太は思い切って言った。

「出ないか？」

「出て、どうするの？」

「……きみを抱くんだよ」

そう言って、耕太は手を離し、御勘定を頼んだ。持っているカードで払い、瑞希とともに店を出た。

「どこに行くの？」

瑞希が不安そうに訊いてきた。この近くにはホテルはない。あそこしかなかった。考えていた場所を告げた。

「……寮の俺の部屋」

「でも、あそこは女を連れ込んじゃ、ダメなんでしょ？」

「大丈夫だよ。わからないようにすれば」

「でも、わたし……」

「わかってる。会長の孫娘だからね、ばれたら大変だ……裏から入れば、人目にはつかないよ、絶対に。俺を信じて……いざとなったら、責任を取るから」

耕太はきっぱり言って、瑞希の手をつかみ、ぐいぐいと歩いていく。

瑞希はされるがままについてくる。あのワインが効いているのだろう、少しふらふらしている。だが、全身から酔った女の倦怠感《けんたいかん》のようなものが滲んでいて、とても色っぽい。

耕太は以前にはこんな強引なことはできなかった。これもセックスの自信がついたお蔭だろう。

轟音《ごうおん》とともに、羽田《はねだ》行きの最終便が、近くの空港から飛び立っていく。その飛行機の裏側が大きくなり、あっという間に遠ざかっていった。

3

そこは男子用の寮で、耕太の部屋は一階の角部屋だった。

二人は裏口から忍び込み、廊下に人の気配が消えたのを確かめて、急いで、廊下を歩き、耕太が自室の鍵を素早く開けて、二人で部屋に入った。

「大丈夫だっただろ?」

「ふふっ、すごいスリルだったわ、ドキドキした」

瑞希はむしろ昂奮しているようだった。お嬢様で悪いことはしてこなかったので、この小さな冒険に気持ちが昂揚《こうよう》しているのだろう。

「わたしの部屋と同じね」

瑞希が部屋を見渡した。瑞希もここの女子寮に入っている。

2DKのコンパクトな部屋で、入ったところにダイニングキッチンとユニットバスがついており、その奥に、振り分け式で六畳の洋室が二つある。

「ゴメンな。整理整頓されてなくて」

「……そんなことないよ。思ったより、片づいててびっくりした……どこかに座っていい」

「あ、ああ……ここに……」

振り分け式のリビングとして使っている部屋の二人用ソファに、瑞希を座らせる。

「わたし、思ったより酔っているみたい」

瑞希がぐったりと背中を凭せかけた。

やはり、あの呑みやすいワインが効いているのだ。

ミニスカートから突きだした足は行儀良く閉じられているが、すっきりしたふくら脛に対し、太腿はむっちりとして豊かで、また全体から滲んだ雰囲気も大人びていて、瑞希は若く見えるものの実際は二十七歳なのだということをあらためて感じた。

耕太は冷蔵庫に冷やしておいたミネラルウォーターを取り出して、瑞希に勧めた。

「いいよ、直接飲んで」

「ラッパ飲みなんて、初めて……」

そう言って、瑞希は720ミリリットルのボトルに直接口をつけて、こくっ、こくっと飲んだ。

その、上にあがった繊細な顎と首すじのラインに見とれた。

ノースリーブのニットがちょうどいい大きさの胸のふくらみを浮かびあがらせている。酔いのために、ほっそりした首すじの色白の肌がポーッと桜色に染まっていた。

三分の一ほど量の減ったボトルを耕太は受けとって、訊いた。

「俺も飲んでいい？」

瑞希がこくっとうなずいた。

耕太がラッパ飲みする姿を、瑞希が複雑な表情で眺めている。

「もう少し、飲む？」

訊くと、瑞希はうなずいた。

耕太はまたラッパ飲みし、冷たい水を口いっぱいに含んだまま、隣に座って、横から瑞希にキスをする。

唇を合わせながら、少しずつ水を流し込んでいく。

口移しだ。

瑞希も最初はとまどっているようだったが、やがて、おずおずと腕が背中にまわり、耕太の背中を抱きしめながら、送り込まれる水を静かに嚥下していく。

口移しはお互いの息が合わないと、上手くいかない。

じつは、これも礼子に教えてもらったことだ。

今、耕太と瑞希はぴたりと息が合っている。二人は相性がいいのだと感じた。

同じことを、瑞希も感じてくれていればいいのだが……。

口移しを終えても、耕太は口を離さない。

瑞希も耕太を抱きしめたままで、キスをつづけている。

（いいんだ。いいんだ……）

耕太は舌を差し出して、水で濡れた唇の隙間をおずおずと舐めた。

すると、リップの甘い香りがする唇がわずかに開いて、そこから、ワインの香りの甘い吐息が洩れ、瑞希の舌がからんできた。

慣れている感じではない。だが、気持ちが伝わってくるような情熱的なキスだった。

(ああ、瑞希ちゃん……!)

唇を合わせながら、瑞希の身体をそっと倒して、ソファに寝かせた。

二人用のソファなので、瑞希の頭は肘掛けに乗っている。横たわったその身体をいたわりながら、体を重ねていき、キスをつづける。

だんだん息が合ってきて、舌をからめ、唇を重ねる。

キスが激しさを増してくるにつれて、耕太のイチモツも力を漲らせて、ズボンを突きあげてきた。

瑞希は身分から唇を離して、

「硬いものが、太腿を突いてくるんだけど……」

かわいく微笑んだ。

「ああ、ゴメン。ずっとこうしたかったら……」

いきなり瑞希が右手をおろしていき、ズボンの股間に触れた。硬くなったふくらみをやさしくさすりながら、羞《は》じらった。

「わたし、ほんとうはあまり男を知らないの。だから、耕太くんにリードしてほしい。わかってるわよ。きみが性豪じゃないってことは……よかったって思ったわ。性豪にかかったら、きっとわたし、いいようにされちゃう。でも、耕太くんにならどうされてもいいわ……わたし、どうしたらいい？」

じっと見あげてくる。その言葉にウソはないようだった。

「俺がリードするから、み、瑞希は任せてればいいよ」

初めて、瑞希と呼び捨てにした。瑞希はうれしそうだった。これで二人の距離がぐっと縮まった気がした。

ニットの上から乳房を揉みながら、首すじにキスをした。

ちゅっ、ちゅっと首すじに唇を押しつけると、

「あっ……んっ……あっ……」

小さく喘いで、顔をそむける瑞希が初々しかった。

のけぞった顔がワインで赤く染まっている。

耕太は白いニットを下からめくっていく。純白のレース付きブラジャーが下のふくらみから姿を見せて、

「あっ……！」

瑞希がそこを手で隠した。

「大丈夫だよ。すごくきれいな形をしている。恥ずかしがらなくていい……」

やさしく言い聞かせて、ニットを首から抜き取ってしまう。

転げでてきた胸はおそらくDカップくらいだろう、少し大きめで、そのたわなふくらみを純白のブラジャーが包み込んでいる。

瑞希は居たたまれないという様子で、顔をそむけている。

「きれいだ。きれいな胸だ……」

褒めながら、背中に手をまわしてホックを外し、ブラジャーを抜き取っていく。

「ぁああ、見ないでぇ……」

あらわになった乳房を瑞希が手で覆った。だが、いやでたまらないという言

い方ではない。

そのへんの女心を、耕太はようやく少しわかったような気がする。

瑞希の手を外して、乳房にしゃぶりついた。

向かって右側の乳房を、右手でつかみ、反対側の乳房に顔を寄せる。

上側の直線的な斜面を下側の充実したふくらみが押しあげた、耕太がもっとも好きな乳房の形をしていた。

硬貨大の乳輪から控えめにせりだした乳首は、あっと驚くほどの透きとおるようなピンクだ。もともと色白だから、色素が薄いのかもしれない。

淡いピンクの突起にそっと顔を寄せて、静かに舐めあげると、

「んっ……！」

瑞希はびくっとして、洩れそうになった声を、手で口を覆って封じようとする。やはり、ここは寮だから、気をつかってくれているのだろう。

「大丈夫だよ。ここは角部屋だし、今、隣のやつは田舎に帰っていて、明後日にならないと帰ってこないから」

言い聞かせると、

「ほんと？」

「ああ、だから、少しくらい声を出しても大丈夫だから」

そう言って、また乳首をしゃぶる。

淡い色をした突起を静かに上下に舐め、素早く左右に撥ねると、見る間にそれが硬く、勃ってきて、

「ぁああ、あああぅぅぅ……」

瑞希が顔をのけぞらせて、喘いだ。

やはり気になるのか、手のひらを口に当てて、一生懸命に声が洩れるのをふせいでいる。そのけなげな所作がかわいかった。

しこってきた乳首を円を描くように舌でかわいがり、同時にもう片方の乳房を揉みしだくと、

「ぁああ、あああああ……」

瑞希の喘ぎが長く伸びた。

「気持ちいい？」

唇を乳首に接したまま訊く。

「はい……気持ちいいの……気持ちいい……」

瑞希がそう言ってくれたので、自信が持てた。

今度は反対側の乳首を攻める。

舐めていると、そっちの乳首も見る見る硬くしこってきた。舌を走らせながら、もう片方の乳首を指でつまんで、捏ねた。

乳首への愛撫をつづけながら、どうすれば瑞希がいちばん感じるかをさぐっている。これも、礼子に教えられたことだ。

両方の乳首をいじるだけて、瑞希はあきらかにさっきより高まって、

「ぁああ、あああ……気持ちいいの……耕太くん、瑞希、気持ちいいの……」

まるで夢にうなされているような調子で言う。

下を見ると、ミニスカートがはだけて、むちっとした太腿がこぼれていた。片方の足を床に突いているので、足がひろがって、その開いた太腿がぎゅうとよじり込まれ、また開いていく。

(ああ、感じてくれているんだな)

感激して、耕太は胸を離れ、キスをおろしていく。

ミニスカートに手をかけて、慎重におろす。瑞希は一瞬抵抗したが、それもすぐにやんで、スカートが足先から抜き取られると、恥ずかしそうにぎゅうと太腿をよじりたてた。

純白のレース付きパンティの端が、ふっくらとしたお尻と腹部の肉をたわませている。パンティに手をかけると、

「いやっ……」

瑞希が横臥して、それを拒んだ。

シミひとつないなめらかな背中が湾曲して、そのラインがたまらなかった。

すべすべの背中を撫でると、

「あっ……あんっ！」

瑞希は強く反応して、のけぞった。

(んっ……もしかして……！)

しなった背骨に沿って、その脇をスーッ、スーッと指を刷毛《はけ》のようにして撫であげると、

「んっ……んっ……ぁあああ、そこ、ダメなの」

瑞希が顎をせりあげて、尻を後ろに突きだした。

その、バックからしてちょうだい、とでも言いたげな体勢が耕太を昂らせた。

おそらく、背中が瑞希の強い性感帯なのだ。

それならばと、パンティを穿かせたまま、瑞希を腹這いにさせ、背中を舐めた。

腰骨から上へ上へと背骨の脇に舌を走らせる。

ひとつの引っ掛かりもないすべすべした肌が舌に気持ちいい。そして、舐めるたびに、

「あっ……あっ……あああ、おかしくなる」

瑞希は背中を弓なりに反らせ、がくん、がくんと躍りあがる。

耕太は肩甲骨《けんこうこつ》のあたりを撫で、手と舌で背中を愛撫する。

両手でやさしく肩甲骨に沿って撫でていき、その手をサイドにまわり込ませて、脇腹を撫でる。スーッ、スーッと脇腹をさすりあげながら、肩甲骨の作る深い谷間にキスを浴びせ、舌を走らせる。

「ぁああ、あああ……もう、もう許して……ぁあああ、気が遠くなるの

……ぁあああああ……」

まるで泣いているような喘ぎを長く伸ばした瑞希の、純白のパンティに包まれたヒップがぐぐ、ぐぐっとせりあがってくる。

今だと、耕太は双臀の奥に右手を伸ばした。

そこはすでに熱く潤っていて、布地の上からでも湿りを感じる。

尻のほうからまわし込んだ指で基底部をさすると、指がぐにゃりと沈み込んでいき、

「ぁああ……あああ……」

瑞希がぎゅうっと尻たぶを締めつけてくる。

いさいかまわず、パンティの底を指でさすり、愛撫すると、

「ぁあああ……ああんん……恥ずかしい。恥ずかしいよ……」

真っ赤になりながらも、瑞希は尻を持ちあげて、もどかしそうにくねらせる。

(ああ、やはり、瑞希も女なんだな……！)

当たり前のことを、エロチックに感じてしまう。

基底部がじっとりと濡れてきて、白い股布に涙形のシミが浮き出てきた。

耕太は瑞希を仰向けにして、パンティに手をかけた。一気に抜き取ってしまうと、下腹部に若草のような繊細な薄い翳りがのぞいて、瑞希がそこを手で押さえ、膝を揃えて、引きつける。

その間に、耕太も服を脱ぐ。

あわただしくズボンをおろし、ブリーフも脱いでしまう。

おろしたはなから、いきりたちが転げ出てきて、それに目をやった瑞希が、

「いやっ」と両手で目隠しをした。

それをすごく愛らしく感じて、耕太はぞくぞくしながら瑞希を立たせ、寝室に向かった。

4

ベッドに横たわる瑞希に、上手くクンニできるように、腰枕をする。

持ちあがった腰から左右の太腿が分かれて、浅い若草のような繊細な翳りの底に、あまり変色のないピンクのままの肉びらがわずかにひろがって、内部の

鮮やかなサーモンピンクをのぞかせていた。

経験が少ないためか、そこは清新な色つやで、膣口の窪みに白濁した愛蜜が溜まっている。

「きれいだよ。きれいなオマ×コだ」

そう言って、狭間に顔を寄せた。

いっぱいに舌を出して、全体を舐めあげると、ぬるっ、ぬるっと粘液ですべり、甘酸っぱい独特の風味があって、

「あっ……やっ……恥ずかしい……シャワーも浴びていないわ」

瑞希が腰をよじった。

「美味しいよ。全然、いやな味じゃない。香りもいい。そそられるよ。そそられる……」

沼地を舐め、さらに、上方の陰核にも舌を届かせた。

あるかないような小さな突起をさぐりあて、ちろちろと舐めていると、ぷっくりとふくらんできて存在感を増した。

チューッと吸いあげ、さらに大きくなったクリトリスの包皮を剝いて、あら

わになった肉真珠に舌をからませる。上下左右に舌を打ちつけると、

「んっ……んっ……ぁあぁああ」

瑞希がのけぞった。

「気持ちいい？」

「ええ……」

「どうされたい？」

「……丸く、丸く舐めて……」

「こうだな？」

せりだしている突起の周辺に円を描くように舌を走らせると、微妙に舌が本体を刺激するのだろう。

「ぁああ……ぁあああああ……気持ちいい……へんになる。へんになっちゃう……ぁあああ、もっと強く」

舌で強めに肉芽とその周辺を舐め転がし、さらに、頬張って吸うと、

「やあああああぁぁぁぁ……！」

声をあげ、いけないとばかりにその口を手のひらで封じながらも、瑞希はも

っとしてほしいとばかりに下腹部をせりあげてくる。

今だとばかりに、耕太は顔をあげて、挿入の体勢を取る。

フェラチオなどされなくとも、耕太の分身はもう充分に力を漲らせていた。

腰枕の上に乗った足をすくいあげて、いきりたつものの頭部を押さえながら、翳りの底をさぐった。

もう、瑞希はいっさい抗《あらが》わない。

不安と期待まじりの顔をそむけて、ぎゅっと唇を噛んでいる。そのよじれた首すじにはミドルレングスの髪がかかり、美人にだけ許される端整な横顔が耕太を歓喜に押しあげる。

(俺はついに……！)

好きだった女を抱こうとしている。もちろん、これまで抱かせてもらった女性たちも大好きだが、好きの意味が違う。

白濁した愛蜜を溜め込んだ膣口を慎重にさぐり、腰を進めていくと、屹立がとても窮屈な女の道を押し広げている確かな感触があって、

「ぁああ……！」

瑞希がシーツを鷲づかみにして、顔を大きくのけぞらせた。

「ああ、くっ……！」

と、耕太も奥歯を食いしばっていた。

すごい締めつけだ。円筒の粘膜の全体が包み込みながら、じわっと締めあげてくる。

まるで吸引盤に吸いつかれているようで、身動きできない。

耕太は前に屈み、右手を肩口からまわし込んで密着し、唇を寄せた。

「好きだよ、ずっと好きだった。今も、大好きだ」

目を合わせて告白すると、瑞希が見あげて言った。

「わたし、でいいの？　すごく我が儘だし……何かあったら、お祖父《じい》ちゃんに言いつけちゃうかもしれないよ」

「会長にかい？」

「ええ……」

「怖いな……そうならないようにするよ。それに……会長は関係ないよ。きみを好きになったときは、会長の孫娘だって知らなかった。知って、驚いたけど、でも、それで好きだっていう気持ちが変わるわけじゃない。俺は児玉瑞希というひとりのステキな女性を愛しているんだ」

「ああ、うれしい……わたし、ほんとうはすごく悩んでいたの。会長の孫娘が素性を隠して、会社で働いていることに……でも、きみにそう言ってもらえて、すごくうれしい。会長のことなんて気にしなければいいのよね？」

「そうだよ。瑞希は瑞希だ。好きなようにすればいいよ」

「ふふ、何かきみ、最近、すごく大人になったね。何かあったの？」

瑞希が下から、耕太を抱きしめるように訊いてくる。

「……いや、何もないよ。敢えて言えば、天職の営業にまわったことかな」

「そうね。営業をしているきみは生き生きしている。前はつまらなさそうだったけど……」

「ああ、だからきっと……きみにも告白する勇気が持てたんだ。告白してよかった」

「……わたしをつかまえておいて。わたし、何をするかわからないから」

「わかった。しっかりつかまえておくよ」

瑞希は下から魅惑的な目を向けて、ぎゅっと抱きついてきた。

唇を合わせ、自分から舌を差し込んできて、からめてくる。

耕太も応えて、舌をぶつけ、ねぶり、情熱的なキスを味わった。顔をあげると、二人の間にたらっとした唾液の糸が伸びて、

「ぁああ、動いて……突いて……」

瑞希が下から哀願してきた。目尻のすっと切れあがった目は潤みきっていて、それは耕太が初めて見る表情だった。

耕太は両手を伸ばして、瑞希の顔を見ながら、静かにストロークをする。

吸引力抜群の膣が、行き来するシンボルをしっかりとホールドして、ひと擦りするたびに、峻烈《しゅんれつ》な快感がひろがってきた。

「ぁああ、ああ……耕太くん、気持ちいいよ……気持ちいい！」

瑞希は自ら足をM字に開いて、屹立を深いところに導きいれながら、ぎゅっとしがみついてくる。

（ああ、これがほんとうのセックスなんだな……）

セックスはテクニックではなく、お互いが相手をいかに強く思っているかに

よって、善し悪しが決まるのだ。だが、それだけではない。相手がしてほしいことを自分ができるだけの技量がないといけない――。

瑞希を抱いて、そういうことがわかった。

耕太は背中を丸めて、乳房をとらえ、柔らかなふくらみの感触を味わいながら、ゆっくりと腰をつかう。

「ぁああ、ああ……すごい……両方感じるの。ぁあああ、ふくらんでくるわ。どんどんふくらんで……ぁああ、それ！」

耕太が乳首をしゃぶると、瑞希はいっそう高まったようで、両手をシーツに落として、ぎゅうと握りながら、

「ぁああ……あああああ……」

と、自らもっと突いて、とばかりに下腹部をせりあげる。

耕太は左右の乳首を均等にしゃぶり、頬張り、吸いながら、腰を波打たせようにして怒張を行き来させている。

（ああ、そうか……瑞希は背中が感じるんだったな）

耕太は腰枕を外し、挿入したまま、瑞希の身体を横に向ける。女性が横臥し

て、それを男は上体を立てて、刺し貫く体位だ。

これは、耕太が自分で学んだ。

打ち込みの角度が変わって、横向きになった膣の側面を反りかえったイチモツが擦りあげる形になって、

「あんっ、あんっ、あんっ……ああ、すごい。違うところを突いてくる」

横臥したまま、瑞希が顔をのけぞらせた。

耕太は繋がったまま右手を伸ばして、その背中を撫でた。

これをしたいがために、この側臥位を取ったのだ。

横から貫きながら、すべすべの背中を撫でると、

「あっ……あっ……」

ひと撫でするたびに、瑞希はびくん、びくんと撥ねて、快感をあらわにする。

「気持ちいい？」

「はい……すごい。どうしてわかったの？　背中が感じるってこと……」

「さっき、背中を舐めたときに……ここも気持ちいいでしょ？」

脊柱に沿って手を箒のように走らせ、その手を脇腹へとすべらせる。ミルク

を塗ったような肌がザッーと粟立ち、
「あっ……ぁあああああ……気持ちいい……気持ちいい……」
瑞希がそう呟きながらも、腰をぐいぐい突きだしてくる。
耕太がその状態で腰をつかうと、屹立が横を向いた膣をぐいぐいうがってい
き、
「ああ、深い……奥まで来てるぅ……ぁあああ、許して……ぁああ、いいの
……ぁああああ……」
瑞希は生々しい声をあげて、ここが会社の寮であることを思い出したのか、
あわてて手のひらを当てて、口を封じる。
やはり、瑞希は背中と膣の同時攻撃がもっとも感じるのだ。
ならばと、耕太は繋がったまま、瑞希の腰を持ちあげて、ベッドに這わせる。
後ろから刺し貫かれたまま、瑞希はしばらく洗っていないシーツに両手両足を
突いて、尻を持ちあげている。
くびれたウエストをつかみ寄せて、後ろから突いた。
屹立が深いところに嵌まり込んでいき、この姿勢がもっとも感じるのか、

「あんっ……あんっ……あんっ……」

突かれるたびに、抑えきれない声を洩らし、いけないとばかりに口を手で押さえる。

それでも、耕太が徐々に打ち込みのピッチをあげていくと、下を向いた乳房がぶるん、ぶるんと揺れ、背中のしなりの角度も大きくなり、耕太が動きを止めると、

「ああん、焦らさないで……」

瑞希は自分から全身を前後に揺らして、尻の底を勃起にぶつけてくる。

そこで、耕太は覆いかぶさって、背中から脇腹にかけて手でなぞる。時には、背骨に沿ってツーッツーッと指をやさしく走らせる。

と、瑞希はもうどうしていいのかわからないといった様子で、自ら腰を前後に振って、怒張を招き入れ、

「あん、あん、あん……ぁあああ、イキそう……耕太くん、瑞希、イクかもしれない……」

下を向いたまま、訴えてくる。

「いいよ、イッても……いいよ。瑞希がイクところを見たい」

「でも、恥ずかしい……」

「瑞希のような美人が達するところを見たいんだ」

耕太は腰をつかみ、ピストンの力が逃げないように引き寄せながら、打ち込みのピッチをあげていく。

シングルベッドがギシギシ軋《きし》み、瑞希の肢体も弾み、

「ぁああ……あああ、イクよ、イク……やぁあああぁぁぁぁぁ、くっ！」

瑞希はシーツを鷲づかみにして背中を反らせ、がくがくっと震えて、ベッドに崩れ落ちた。

だが、まだ耕太は放っていない。

淫蜜まみれの肉柱がそそりたっている。

うつむいて、はあはあと息を切らしている瑞希を仰向けにした。

そして、両膝をすくいあげ、いきりたちを打ち込んでいく。すると、とろとろに蕩けた肉路が分身をきゅ、きゅっと包み込んできて、

「ああ、また……！　すごい、すごい……耕太くん、すごいよ。ほんとうはソ

ープ嬢をイカせたの、きみだったんでしょ?」

瑞希が疑問をぶつけてくる。

「違うよ、俺じゃない。ほんと、ソープ嬢の顔も知らないし……郷原から聞いただけで」

「そうなの?」

「天に誓って、真実だよ」

きっぱりと言う。

「でも、上手いし、タフだわ」

「たまたまだよ……それじゃあ、いけない?」

「ううん、いけなくはないわ。むしろ、頼もしい。お祖父ちゃんが言ってたわ。セックスが上手いやつは、商売も上手だって……だから、お祖父ちゃんも何人もの女を泣かせてきたんだって……」

「すごいな、会長は。俺も会長みたいな人になりたいよ」

「そうね……これなら、なれるかもね。わたしと結婚できたら……」

「えっ、結婚してくれるの?」

「ふふっ……それはまだ。もう少し、きみの様子を見てから。仮面をかぶっていたら困るもの。今のままの耕太くんなら、好きよ」

「だったら、大丈夫だよ。俺は仮面なんてかぶっていないから。結婚したいよ、きみと……」

「そう？」

「ああ」

「……わかった。前向きに考えておくわ……ねえ、もっとして……あそこが疼《うず》いているの。もっと欲しいって、ジンジンしてるの」

瑞希が潤みきった情熱的な目を向けてくる。

「よし、疼きを鎮《しず》めてあげる」

耕太は膝裏をつかんで押しあげ、開かせながら、ぐいぐいと打ち込んでいく。

「ぁああ、すごい……すごい……奥に、奥に当たってる……ぁああ、苦しいけど気持ちいい……ぁあああ、あああああああ」

渾身の力を振り絞って怒張を叩きつけながら、耕太も高まっていく。

礼子には悪いが、出世しようがしまいが正直なところどうでもいい。しかし、

瑞希と結婚はしたい。惚れた女と一緒になれれば、それがこれからの人生の礎《いしずえ》となるだろう。礼子の顔が浮かび、

（ゴメン、礼子さん。でも、精一杯やるから、あなたへの恩は返すから）

心のなかで謝《あやま》って、ぐいぐい突き刺していくと、瑞希の喘ぎ声が高まり、やがて、昇りつめるその声を聞きながら、耕太も歓喜とともに精液を放ち、それから、ぐったりとなって瑞希に覆いかぶさっていった。

〈了〉

※この作品は、ジーウォーク紅文庫のために書き下ろされました。